女王の化粧師

千　花鶏

B's-LOG BUNKO
ビーズログ文庫

イラスト／起家一子

Contents

ダイ

花街で働く化粧師。
その腕前は業界随一。

ヒース

ダイを引き抜いた遣いの男。
実はミズウィーリ家の当主代行。

アスマ

ダイが働く花街の店の女主人。
三店舗を切り盛りするやり手。

人物紹介 女王の化粧師

Her Majesty's Cosmetician

マリアージュ

癇癪持ちの
ミズウィーリ家の
令嬢。女王候補の
一人。

ティティアンナ

ダイの世話係を
してくれる
ミズウィーリ家の侍女。
担当は衣装。

ローラ

侍女頭。マリアージュ
の父の時代から
仕えている古参の
使用人。

序章　雷雨の夜

「最初から、決まっていた？」

　女は言った。

　凍《い》てつく雨の中で、女は微動《びどう》だにせずにいる。雫《しずく》が絶えず髪《かみ》を濡《ぬ》らし、頬《ほお》を伝った。唇《くちびる》の血の気は失《う》せ、青紫《あおむらさき》に変色している。しかし女はその場から動こうとはしなかった。逃《に》げを許さぬ眼差《まなざ》しで、ただ真《ま》っ直《す》ぐに目の前の男を見つめていた。

「そう、最初から決まっていたことだった」

　男は女の言葉を肯定《こうてい》した。冬の湖水に似た静けさをたたえる瞳《ひとみ》からは、男の心中を窺《うかが》うことはできない。そもそも、この男の本心は、いつも遠くに隔《へだ》てられていた――たとえば、偽《いつわ》りの笑顔《えがお》の中に。

　それを女は知っていた。

「嘘《うそ》」

　だからこうやって、糾弾《きゅうだん》している。

「最初から決まっていたなら、どうしてあなたは優《やさ》しかったの？」

「優しい？」

男は嗤《わら》う。嘲《あざけ》りは、男がここに来て初めて晒《さら》した感情だった。

「わたしはあなた方に情をかけた覚えは一度もない」

「嘘」

「嘘ではない」

女は嘘だと繰《く》り返《かえ》した。寒さに強張《こわば》った唇は、微《かす》かに震《ふる》えただけで、音を紡《つむ》ぐことは叶《かな》わなかった。

優しかったでしょう？

女は思う。男は優しかった。その優しさは、決して表立ったものではなかった。

けれど、優しかったのだ。

それを知っている。

知っているのに。

男の手が女の首に伸《の》ばされる。男の指が女の肉に食《く》い込《こ》んだ。雨は止《や》まない。冷たい雫が、男の頬を滑《すべ》り落《お》ちる。

遠くで、光が落ち、雷鳴《らいめい》が轟《とどろ》いた。

第一章

化粧筆《けしょうふで》を、置いた。

「終わりました」

ダイは女に告げて、己《おのれ》の仕事を観察した。

化粧を終えたばかりの芸妓《げいぎ》は今日もうつくしい。そのきめの細かな肌《はだ》にはしっとりした質感の色粉を重ねて艶《つや》を出し、上瞼《うわまぶた》には薄紅《うすべに》がかった銀を散らしている。頬《ほお》へは淡《あわ》く珊《さん》瑚色《ごいろ》を広げた。輪郭《りんかく》を濃《こ》く縁取《ふちど》ってから丁寧《ていねい》に紅を塗《ぬ》り重ねた唇《くちびる》は、ふっくらとやわらかそうに仕上がった。きっと、だれもが触《ふ》れたくなるだろう。

ダイは彼女《かのじょ》に手鏡を渡《わた》した。どうですか、と、感想を求める。

彼女は磨《みが》かれた銀を覗《のぞ》き込《こ》むと、満足そうに微笑《ほほえ》んだ。

「素敵《すてき》。ぜったい注目の的だわ、ダイ」

芸妓がダイの頬に音高く口づける。ダイは思わず渋面《じゅうめん》になった。

「あぁ……紅を塗り直さなきゃならないじゃないですか」

「あら、ごめんなさぁい」

　ダイの苦言に悪びれることなく、女は笑ってみせる。

　呆《あき》れたダイの胸中を代弁するように、叱咤《しった》がすかさず順番待ちの女たちから飛んだ。

「ちょっと姐《ねえ》さん！　もう少し考えて行動しなさいよ！　あたしたちずっと待ってるのに！」

「次はあたし！　あたしなんだからね！」

「もう、あんたたち、待っていないで顔ぐらい自分でしなさいよ！」

「だれでもいいから早く次を決めてくださいよ……」

　ダイは思わずこめかみを押《お》さえた。ただ花街《はなまち》はこの芸妓たちの明るさがあってこそ。平和の証左《しょうさ》でもある。やれやれと肩《かた》をすくめ、紅の付いた化粧筆の筆先を布で拭《ぬぐ》っていたダイは、戸布《とぬの》の動く気配に背後を振《ふ》り返《かえ》った。入室する女の姿に目を瞬《まばた》かせる。

　豊かに波打つ黒髪《くろかみ》、豊満な肢体《したい》、手には彫《ほ》りの見事な煙管《きせる》――気怠《けだる》そうな顔で戸口に立つ女は、王都でも一等と名高い、この娼館《しょうかん》の女主人である。

「アスマ？」

「悪いね、ダイ」

　ダイの後見人でもある女は、ふっと紫煙《しえん》を吐《は》いて言った。

「ちょっと来ておくれ。あんたにお客さんなんだよ」

「あら、ダイ。エミルたちのお仕事終わり？　じゃあこっちに来なさいよぉ」

「ダイ、ダイ、時間が空《あ》いたなら、アタシの部屋に遊びに来て」

「たまにはふたりで遊びましょ。顔だけじゃなくてあっちもかわいがって？　ねぇダイ」

「はいはい、すみません、またあとで」

部屋の戸口から伸《の》びた腕《うで》や、しなだれ掛《か》かる柔《やわ》らかな身体《からだ》、漂《ただよ》う甘《あま》い香《かお》りからの誘《さそ》いを適当に断り、アスマを追いかけながら、珍《めずら》しいこともあるものだ、と、ダイは思った。

開店したばかりのこの時間に職人を呼び出す阿呆《あほう》はいない。客人は夜明けまで待たせるか、日を改めさせることが通例だ。そう定めたアスマに逆らう者は、この花街にいないはずだった。

アスマはかつてあまたの男を虜《とりこ》にした元娼婦《しょうふ》。引退したあとは娼館を営む側に転じて周囲の度肝《どぎも》を抜《ぬ》き、いまではこの王都で三軒《さんげん》もの店を抱《かか》える女主人だ。花街の娼婦たちの呼称《こしょう》を〝芸妓〟と改めたのもアスマで、その気風と面倒見《めんどうみ》の良さから、娼館に属《ぞく》する芸妓たちはもちろん、客やはては同業者にいたるまで、だれからも慕《した》われる花街の顔役である。

ダイはアスマの館専属の化粧師だった。芸妓たちの肌を整え、美しく化粧をすることが生業《なりわい》だ。

高級芸妓は無論《むろん》のこと、張見世《はりみせ》で一夜の客を捜《さが》す下級の子らにも化粧を施《ほどこ》す。ひと仕事終えた彼女たちの化粧を直し、非番の芸妓たちの肌の手入れに館を回る。それが最も優先すべき役割で、中断させられることは滅多《めった》にない。

ところが今日は日が落ちて方々に灯《ひ》が点《とも》され、さぁこれからという開店間際《まぎわ》の呼び出しだ。たまに職人の欠員を出したほかの娼館から、急ぎの出向の依頼《いらい》もあるが、それにしてはいつもと様子が異なる。

「アスマ」

仕事部屋を出てから黙《だま》り込んだままの主人に、ダイは焦《じ》れて呼びかけた。

「ねぇ、アスマ。そろそろ教えてください。だれなんですか、お客さんって」

光量を絞《しぼ》った魔術《まじゅつ》の灯が足許《あしもと》を照らす廊下《ろうか》はほの暗い。その中を行く主人の足取りは速かった。小柄《こがら》なダイでは追いかけるのも一苦労だ。

アスマは沈黙《ちんもく》を守っていたが、彼女の部屋の前まで来て、ようやっと重い口を開いた。

「……お貴族さま、さ」

「おきぞくさま？　……わたしにですか？」

娼館の顧客《こきゃく》には貴族も多い。しかし彼《かれ》らは裏方など見向きもしないものだ。

アスマが呟《つぶや》いた。

「正確には、お貴族さまのお遣《つか》い、といったところだね……。場末の顔師に何させようってんだか。顔をするのは、侍女《じじょ》とかだろうにさ」

アスマがダイを導いた先は、彼女の仕事部屋の前だった。この館で最も上等な部屋だ。何人《なんぴと》たりともアスマの許可なしには立ち入れない。

「失礼。待たせましたね」

軽く叩《たた》いた扉《とびら》を押《お》し開《ひら》き、アスマが猫撫《ねこな》で声《ごえ》を紡《つむ》ぐ。本当に上客なのだと、それだけでダイにも充分に理解できた。

男が長椅子《ながいす》から立ち上がってダイたちに向き直った。

きれいな、男だ。

ダイは思わず部屋の入り口で足を止め、その客人とやらを凝視《ぎょうし》してしまった。

若い男だった。年の頃《ころ》は二十前後。優美だが肩幅《かたはば》は広く、均整のとれた体躯《たいく》をしている。

顔立ちは端正《たんせい》だ。さらりとした短い金の髪《かみ》に、蒼穹《そうきゅう》を思わせる澄《す》んだ青の目。女顔負けの、きめ細かな象牙色《ぞうげいろ》の肌。貴族の客でもなかなかお目にかかれないような、怜悧《れいり》な美貌《びぼう》を宿す男だった。

その素顔《すがお》を、見てみたい。

人の顔を観察してしまうのは仕事柄《がら》の習《なら》い性《しょう》だったが、初対面の人間に不躾《ぶしつけ》な視線を向けたのは、自分としても初めてだった。挙げ句、抱《いだ》いた感想はいささか珍妙《ちんみょう》だ。

男はダイの視線を訝《いぶか》しく思ったか、小さく首をかしげただけだった。

「ダイ、こっちにおいで」

いつの間にか応接席に着く男の対面に移動していたアスマが、ダイを手招いている。ダイは我に返り、扉を閉じて彼女たちに歩み寄った。

「こちらが？」

「ええ、あたしの館で、最も腕のよい化粧師です」

アスマが男の問いに首肯《しゅこう》して、温かな手をダイの背に添《そ》えた。

「ダイ、こちらはリヴォート様だ。女王候補に選出されたマリアージュ様のご生家、ミズウィーリ家はわかるかい？　そちらのお遣いとして、今日はお越《こ》しになっている」

「……女王候補？」

ダイは驚《おどろ》きながらアスマを仰《あお》ぎ見た。

「女王選の女王候補？」

「そうだよ」

アスマはダイの反応にさもありなんと頷《うなず》いた。

「年始に始まった女王選に、ご参加なさっている女王候補さ」

「……その、女王候補のおうちの方が、裏方のわたしにいったい何の用なんですか？」

「仕事の依頼に伺《うかが》いました」

ダイたちの会話に男が口を差《さ》し挟《はさ》む。

低いがよく通り、耳に馴染《なじ》む、厳《おごそ》かな声だった。

「あなたを、マリアージュ様の化粧師として迎《むか》えたい」

女王に相応《ふさわ》しい顔を作って欲しいのだと、男は言った。


デルリゲイリアは海と山脈、そして荒野《こうや》に囲まれた小さな国だ。位置は西大陸北北西沿岸部。特産品は美しい染め布や透《す》かし織り、それらを用いた衣装《いしょう》に、洗練された細工の装《そう》飾品《しょくひん》、絵画や彫刻《ちょうこく》、工芸品。街には劇場が多く建ち並び、歌い手や楽士《がくし》、踊《おど》り子《こ》もよく集まる。その芸術を尊ぶ国風から、《芸技《げいぎ》の国》のふたつ名を持つ、安穏《あんのん》とした国だった。

ところが、昨年のことだ。

デルリゲイリアは、王位継承者《けいしょうしゃ》と国主を失った。王女と女王が相次《あいつ》いで急逝《きゅうせい》したのだ。女王の継嗣《けいし》が絶えた折には慣例に従い、貴族の娘《むすめ》から五人の候補を立てる。彼女たちが玉座を争う選定の儀式《ぎしき》の名が《女王選出の儀《ぎ》》。通称《つうしょう》、女王選と呼ばれるものだった。世俗《せぞく》に疎《うと》いダイであっても、女王選に女子を送り出す家ぐらいは把握《はあく》している。先代女王の縁戚《えんせき》であるガートルードを筆頭とした、カースン、ベツレイム、ホイスルウィズム、そしてミズウィーリの五家である。ミズウィーリの名に馴染みはないが、上級貴族には違《ちが》いない。

その家の娘に、化粧をせよ、と、男は言うのだ。

この、場末の化粧師に。

「あの、何かの間違《まちが》いじゃないですか？　女王候補の方が、わたしに化粧をさせるはずがありません……。わたしは、花街の化粧師ですよ？」

花街はいくら言いつくろったところで性を売り買いする街。高貴な娘が最も忌避《きひ》する類《たぐい》の場所だ。そこで仕事をしてきたダイに女王候補ともあろう娘が化粧を許すだろうか。

「弱冠《じやつかん》十五にして数々の美姫《びき》を生み出す腕利《うでき》きの化粧師。アスマの娼館のダイとは、あなたのことでは？」

「……そうです」

前半はともかく、後半は正しい。ほかにダイと呼ばれる顔師はいない。

ダイはアスマに尋《たず》ねた。

「身許は」

「確認《かくにん》はとったよ」

ダイが問いを皆《みな》まで口にする前に、アスマがため息交じりに答える。

「こちらの方は、ミズウィーリ家に仕《つか》えていらっしゃる方で間違いない」

「……本当に、わたしを、化粧師として？」

「はい」

男は大きく頷いた。

本気らしい。

本気で男――否、ミズウィーリ家は、自分を雇《やと》い入《い》れたいらしい。

ダイは困惑《こんわく》しながら追及した。

「あの……。そもそも、なぜ、わたしを？　化粧師なんて貴族街にもいるでしょう？」

「それがそうでもありません。貴族にとって化粧とは、侍女が行うものですので」

「はあ……ならどうして化粧師を雇《やと》うなんて話になったんですか？　いらないと思うんですけれど」

「おっしゃる通りです」

男はダイの主張を肯定《こうてい》し、通常なら、と、言い添えた。

「ご存じかとは思いますが、女王選には五人のご令嬢《れいじょう》が参加なさいます。ガートルード家のアリシュエル様を筆頭に、とてもお美しい方々ばかりです」

芸術に一家言ある国の女王を選ぶのだ。その美貌は女王選で必ず議論される。

「ところがその中で、マリアージュ様にのみ、華《はな》やかさで欠けるところがおありなのです」

それがマリアージュから自信を喪失させ、女王選への臨み方にも影響を出している。

そんな折、化粧次第《しだい》で顔の印象を大きく変えることができるという話になった。

「専門の者がいるのなら、呼んだほうがよいだろうという話になりました。マリアージュ様はまだ《職人》をお持ちではありませんので。……女王の《職人》についての話はご存じですか？」

ダイは首を横に振った。下々の人間にお上《かみ》の習慣など知りようがない。

「デルリゲイリアの女王には、画家や楽士といった、《職人》を傍《そば》に置く慣習があります。女王候補も同じく、《職人》をひとりは抱えることが習いになっている」

その職人は特別枠《わく》として尊重される。《芸技の国》らしい慣習だ。

「……待ってください」

嫌な予感がして、ダイは話を中断した。

男はマリアージュが《職人》を持っていないと言ったのだ。

「つまりあなたは、わたしをその、特別な席に着けるつもりなんですか？」

そうです、と、男が即座に首肯《しゅこう》する。

「化粧師を探すうちに、あなたの噂《うわさ》にそこかしこで行き当たった。年は若くも、女性を美しく見せる腕は、何人《なんぴと》も足許に寄せ付けぬ、と。……マリアージュ様が所有する職人として、悪くはありませんでしょう？」

ダイは目眩《めまい》を覚えた。

この男はダイを短期で雇《やと》いに来たのではない。

引き抜きに来たのだ。

「条件についてはご安心を。衣食住は当然として、給与もこれまであなたが見たことのない額を保証いたします」

「お断りします」

「それはなぜ？」

「なぜって……お話はわかりましたけど、信じられません！　冗談《じようだん》がすぎますよ！」

「冗談でなぜわたしがこのような場所に、足を運ばなければならないのですか？」

男が言った。淡々とした物言いながらも、そこには嫌悪感が滲《にじ》んでいる。おそらく彼にとって花街は、汚《けが》らわしい街なのだろう。

花街を悪く言われたところで、ダイが腹を立てることはない。よくあることだからだ。むしろ厭《いと》う場所にまで遣いを任された彼に同情する。

とはいえ、男の物言いをダイが不快に思ったことは確かである。

「冗談でないにせよ、噂だけを頼《たよ》りにわたしに話を持ちかけるところが信用なりません」

男が薄《うす》く笑う。

「なるほど。……ご自身の技量に自信がない、と」

かっとなって、ダイは勢《いきお》い込んだ。

「違《ちが》……そうではなくて……いたっ！」

ごっ、と頭蓋《ずがい》を叩かれ、ダイの視界が縦に振《ふ》れる。ダイは痛みに呻《うめ》きながら隣《となり》を見た。

「正直にぽんぽんものをお言いでないよ！　この馬鹿《ばか》！」

アスマが深々とため息を吐いていた。

「……ミズウィーリからの御仁《ごじん》も、お気を鎮《しず》めてくださいな。この子は驚いているだけなんだ。お国の天辺《てっぺん》になろうかって人が、お声掛けくださるなんて、ここいらの職人だれしも、夢にも思いませんからね」

それに、と、彼女はゆっくりと男に言い含める。

「この子の言うことにも、一理ある。あなたは、この子の腕前を確かめてもいない。それなのに、女王候補様の職人なんて……」

「分不相応、とでも言いたいのですか？」

男はアスマの主張に首をかしげる。男はアスマに向き直った。

「彼が最も腕のよい化粧師だと言ったのはほかならぬあなたでは？」

「ええ。だからこそ、適当な理由で引き抜かれては困るんですよ」

腕のよい職人は、芸妓と並ぶ、娼館の宝ですからね、と、アスマは言った。

「あなたの誘いはこの子にとっちゃ栄達《えいたつ》だ。痛手でも送り出してやりたいところだが、この子の化粧の腕を確かめもせずに決めてしまうのは、お互《たが》い不幸じゃないですかね」

「……と、いうと？」

「化粧師にはそれぞれ得意分野があるもんです。あなた方がこの子に望むことと、この子のできることが一致《いっち》しているか、確認は必要じゃありません？　不必要な人材に払《はら》う金や時間ほど損《そん》なものはありゃしません」

　しばし黙考《もっこう》したのち、男はアスマに頷いた。

「わかりました……。そこまでおっしゃるなら、見せていただきましょうか。……あなたに付いていけばよろしいのですか？」

「え……いまから見に来られるんですか？」

　さっそくと腰《こし》を上げる男に、ダイは口角を引《ひ》き攣《つ》らせる。

「日を改めて、と、申し上げたいところですが、わたしも時間に余裕《よゆう》がないもので……よろしいですね、館主？」

「かまわないよ。……こちらが言い出したことだ」

「待ってください、アスマ……！」

　男の要請《ようせい》をあっさり承諾《しょうだく》するアスマにダイは取りすがった。

「いくらなんでも急に」

「黙《だま》んな」

　ダイは口を閉ざした。男へにこやかな笑顔《えがお》を向けるアスマに渋面《じゅうめん》になる。

「少し打ち合わせはさせてもらいますが、すぐにこの子を仕事に戻《もど》します。自由に見学していってください」

こうなれば、従うしかない。

あまりに強引《ごういん》なアスマにはあとでひと言、物申させてもらおうとダイは胸中で誓《ちか》った。

諦《あきら》めの心地《ここち》でため息を吐くと、ダイは面《おもて》を上げて男と向き直った。

「……もう一度、お名前を教えていただいてもいいですか？」

依頼の内容が衝撃的すぎて男の名を忘れてしまった。彼とこれから同行するのに、このままでは不便である。

「名前？　あぁ……そうですね」

男が了承《りようしよう》の徴《しるし》に頷いて、ダイへ右手を差し出した。

握手《あくしゆ》の要求。彼の立場とこれまでの態度を鑑《かんが》みれば意外な行動である。

ダイは困惑しながらも衣服で自分の手の汗《あせ》を拭《ぬぐ》った。男の手に恐々《こわごわ》と触れる。

ダイの手をやんわり握《にぎ》り返し、男が名乗った。

「ヒース・リヴォートと申します」

その手は、まるで肌刺《さ》すように、冷たいものだった。


「ダイ、だぁれ、そのお兄さん！」

「ねぇ、こっちに遊びに来なさいよ！　たっぷりかわいがってあげるから！」

館の廊下には小部屋が並ぶ。客が美酒と料理に舌鼓《したつづみ》を打ち、芸妓の舞《まい》や会話を堪能《たんのう》し、そして快楽に溺《おぼ》れるための部屋だ。その個室から顔を出し、芸妓たちがヒースをひと目みて色めき立つ。

一方、彼を化粧部屋まで案内しながら、ダイは暗澹《あんたん》とした気分だった。

その理由のひとつはもちろんダイの隣を歩く男の存在。

そしてもうひとつは――時が来た、と、思ったからだった。

ダイがアスマと交《か》わしたひとつの約束。それと真剣《しんけん》に向き合わなければならない時が。

『大人になるまでだ』

ダイの後見人になったとき、アスマは言った。

『そのときが来るまでに、あんたは花街を出ておかなければならない』

ダイはすでに十五だ。一人前として扱《あつか》われる年齢《ねんれい》である。

叶《かな》うならいますぐにでも、花街を出なければならない。

ダイはため息を吐いた。

ヒースと引き合わされたとき、もしやとは思った。そういう時期だったのだ。ミズウィーリ家からの依頼がなくとも、似たような話を、近くアスマはダイに取り次いだはずだ。

『――いいかい、ダイ』

娼館内で男を連れて歩く前に、アスマはダイを近くに呼びつけ、囁き声で念押しした。

『あの御仁はあんたを無理矢理引きずっていくことだってできるんだ。急なのはわかる。でも、頭を冷やして、ちゃんと考えな』

上級貴族の依頼は命令に等しい。場末の化粧師に逆らえるものではない。ダイは下唇《したくちびる》を噛《か》みしめて俯《うつむ》いた。

『貴族街に行ったら、もう、ここには戻れません』

上級貴族の家に勤めるともなれば出自の詐称《さしょう》は免《まぬが》れないだろう。花街との関係を絶てと強要されるはずだ。

『遠方の街へ行けば似たようなもんだ。距離《きょり》が近い分、貴族街にいてくれたほうが安否だってわかりやすい。……あたしだってあんたを訳のわからないところへ放《ほう》り込むつもりはないさ』

やさしい声音《こわね》でアスマが言った。

『あんたが本当に嫌《いや》なら、いくら貴族が相手でも、どうにかする。それだけの伝手《つて》はある。……ただ、そうでないなら……』

ミズウィーリが誠実に、ダイの化粧の技術を、求めているというのなら。

『あんたにとっちゃ、またとない機会だ』

――あの御仁の人となりをよく見て、ちゃんと決めるんだよ。

花街を出たあとの後ろ盾《うしろだて》は必須《ひっす》だ。それを貴族から得られるなら、この上ない好条件である。ただし、欲《ほ》しいものはあくまで後ろ盾。大貴族へ直《じか》に仕えたいわけではない。

そもそも胡散臭《うさんくさ》い話だ。よくよく考えてみれば、貴族街には立派な劇場がある。貴族たちが余暇《よか》に訪《おとず》れるそこなら、腕のよい化粧師も見つかるだろう。ダイよりよほど素性《すじょう》の明らかな職人たちだ。なぜ彼らを引き抜かず、花街から選ぶのか。

ダイは傍《かたわ》らの男を一瞥《いちべつ》した。

（人となりって……何を見ればいいんでしょうね？）

「……なにか？」

ダイの視線を受けて、ヒースが首をかしげる。いえ、と、ダイは口ごもりながら、話題を探した。

「リヴォート様はほかの顔師のお仕事を見たことはあるんですか？」

「顔師？　あぁ、化粧師ですか。いいえ、まったく」

「……わたしたちの仕事の内容は知っていますよね？」

「化粧でしょう？　白粉《おしろい》を叩《はた》き、口紅を塗る」

「……ほかには？」

「……何かあるのですか？」

「色々と。……ええっと、化粧師を雇おうって言い出したのは、マリアージュ様ですか？」

「いいえ。わたしです」

「あなたがですか⁉」

ダイは驚きに声を上げた。これでよく化粧師を雇う考えにいたったものだ。

ヒースが訝しげに目を細める。彼が何かを言う前に、ダイは慌てて弁解した。

「すみません。だからリヴォート様は、ここに来られたんだなって思っただけです」

花街が苦手な様子なのに、ご苦労なことである。

目的地の化粧部屋では、数人の芸妓たちがダイの到着《とうちゃく》を待っていた。彼女たちのひとりが、戸布を上げたダイを振り返る。

「ダイ。遅《おそ》かったわね……って駄目《だめ》じゃない。ここにお客さんを連れてき、ちゃ……」

ダイに続く男の顔が見知らぬものだったからだろう。芸妓のひとりが咎《とが》めかけたが、彼女も含《ふく》めた全員がヒースの容貌《ようぼう》を凝視し、そして一斉《いっせい》に色めきたった。

「やだお兄さんってば！　ここはお客禁制なんですよ！　お相手だったらちょっと待ってくださいね！」

「お兄さん、あの人たちは放っておいて、わたしのところにおいでなさいな！」

「あー、すみません。こちらの方は、今日はわたしの仕事の見学に来ているんです」

ダイの紹介《しょうかい》に女たちから悲鳴が上がった。

「何ソレ！　お客様じゃないの⁉」

「仕事って、顔をするとこ見るの？」

「やだぁ。もっとよく寝《ね》ておけばよかった！　肌がさがさなのに！」

「初めてじゃない？　見学、だなんて」

聡《さと》い芸妓が指摘《してき》する。ダイはアスマと打ち合わせた通りに答えた。

「地方の劇場の方です。今度、顔師を雇うことにしたので、参考にしたい、と。……リヴォート様、こちらへ」

ダイはヒースへ椅子《いす》を勧《すす》めた。芸妓たちを散らして、化粧箱を卓《たく》の上に置く。

ダイは瞑目《めいもく》した。

ひとまず見学者のことは忘れる。

ここからは、仕事の時間だ。

化粧箱の蓋を開ける。玻璃製《はりせい》の小瓶がずらりと並ぶ。その中に収まるものは、消毒に用いる酒、化粧水――保湿《ほしつ》のための美容水。同じく保湿目的の乳液、蜜蝋《みつろう》に、植物油。肌を作る色粉の粘度《ねんど》は様々だ。とろみのある液体もあれば、油を混ぜて固めたもの、名前の通り粉体のものもある。

化粧の品を並べ終えたら、次は道具。一片《いっぺん》が親指ほどの正方形に切られた厚手の綿布に、楕円形《だえんけい》の海綿《かいめん》。筆は細いものから大ぶりのものまで複数種類。

準備を整えてダイは芸妓たちに声を掛けた。

「さて、始めましょう。一番目は誰ですか？」

ダイと年の変わらない娘が対面に座《すわ》る。よろしくお願いします、と、挨拶《あいさつ》を交《か》わしたあと、彼女は同情に笑った。

「わたしです」

「大変そうだね、ダイ」

「ありがとうございます。そう言ってくれるのはリマだけです。……聞きましたよ、いいお客様がついたんですって？」

華奢《きゃしゃ》な顎《あご》に手を掛けて、芸妓の顔を正面へ向かせる。肌の調子を見るダイへ、彼女ははにかんで笑った。

「そうなの。マジェーエンナの真珠《しんじゅ》を扱っているんですって。わたしにとてもお優《やさ》しいの」

それはなによりだ、と、ダイは微笑み返した。羽振《はぶ》りがよくて芸妓の身体《からだ》を労《いたわ》ってくれる客ほどありがたい存在はいない。

（なら、その客《ひと》が好む雰囲気《ふんいき》に合わせたほうがよいでしょうね……）

芸妓ごとに『売れる雰囲気』を作ることも、顔師の仕事に含まれる。化粧中の会話はその下調べだ。

綿布に化粧水を染《し》み込《こ》ませ、肌の上に滑《すべ》らせながら、ダイは質問をひとつ重ねる。

「そのひとからお声が掛かったのはいつでしたか？」

「最初にお声掛けくださったのは、先月の朔《さく》の日よ。この間は四日前」

「あぁ、桃《もも》の紅を注《さ》していたときですね」

両日とも、娘の顔立ちの愛らしさを前面に出して化粧をした日だ。その日は彼女に数名の客が付いていたはずだから、方向性として合っているのだろう。

「じゃあ今日も桃の紅を唇に注しましょう」

ばらの実の油を薄めたものを、芸妓の頬に薄く伸ばしつつ提案する。

「目許だけ少し変えましょうか。今日は月が暗いですから、少し赤みの強いものを使います。多く焚《た》かれた蠟燭《ろうそく》の灯りにも、今日の山吹《やまぶき》の衣《きぬ》にもよく映《は》えますしね」

「腫《は》れぼったくならない？」

「一重《ひとえ》が可愛らしく見えるようにしますよ。大丈夫《だいじょうぶ》」

少女の顔に白粉を付ける。白粉は若く瑞々《みずみず》しい肌には不要であっても、こうしなければ彩《いろど》りとなる色が肌に付かないのだ。

ダイは化粧箱の中から折りたたまれた黒い板を引き出して、傍らに広げた。青に始まる寒色から、赤を筆頭とした暖色、そして緑や紫《むらさき》といった中性色。濃淡《のうたん》様々な色粉が収められた板だ。少女の目指す雰囲気を慎重《しんちょう》に考え、彼女の顔にのせる色を、その板の中から注意深く選んでいく。

「私も姐さんたちみたいに、たくさん声が掛かるようになるかしら」

「ええ。もちろん。アスマが選んだ子は、みんな美人ばかりですから。視線、上向けて」

「はい」

「いいですよ、目を閉じて。……いまに引く手あまたになります。目を開けて。視線はこちら」

ダイの指示に従って、少女は目を動かす。その視界に細筆の先が入らぬように気をつけて、開かれた瞼《まぶた》に色を付けた。一重は、目を開けたまま印を付ければ、綺麗《きれい》に色が入る。

「でも、少しお話の仕方を磨かなくちゃ駄目ね」

「舌足らずぐらいが可愛いです。次は唇に紅を注します。にこっと笑ってください。そう」

顎に手を添え、ぽってりとした唇を丁寧に縁取る。紅の色は淡く、可愛らしさを意識して。幸い、少女の唇は色素が薄いので、どんな淡い色も鮮《あざ》やかに発色する。

「唇を少し開けて。……いいですよ、閉じて。少し頬にも紅を入れましょうか」

ダイは彼女の頬に珊瑚色の紅を柔らかな海綿で塗り広げた。指で縁《ふち》をぼかして完成だ。手鏡を手渡《てわた》す。それを覗き込んで、彼女は満足そうに笑い、ありがとうと囁《ささや》いた。

「ダイが紅を注すと、この厚すぎる唇が好きになれるから不思議だわ」

「光栄ですね」

彼女を見送ったあとは先と同じだ。雰囲気を決めるための遣り取りを交わし、近況《きんきょう》や悩《なや》みなどを聞いて、芸妓たちの顔から不安を取《と》り払《はら》う——沈《しず》んだ表情は美しさを損《そこ》なうからだ。

最後に彼女たちを褒《ほ》めて気分を高揚《こうよう》させ、仕事に送り出すまでが一連の流れである。

「うん、いい感じよ。今日もあたしは完璧《かんぺき》に若いわ。さっすがダイ」

仕上がりを鏡で確認した最後の芸妓が唐突《とうとつ》にダイへ顔を寄せる。彼女はにんまりと笑ってダイに甘い吐息《といき》を吹《ふ》きかけた。

「ダイが腕のいい職人でよかったわ。あんたってば、いまだってひっきりなしに呼ばれるのに、うちらとおんなじだったら、みんな商売あがったりだね」

「そんなこと……」

「じゃあね―」

芸妓はダイが反論する前に身体を離《はな》し、軽《かろ》やかな足取りで部屋を出て行った。

「これで終わりですか？」

「あ……」

ヒースの問いにダイは振り返った。彼の存在をすっかり忘れていた。

「すみません。放置してしまっていて」

「いいえ。仕事には集中すべきです。……思ったより、色んなことをするのですね」

「まぁ、口紅と白粉を付けるだけでは、職人とは呼べませんしね」

「……先ほどは失礼いたしました」

男が恥じ入った様子で謝罪する。ダイは慌てて首を横に振った。まさかここで謝られるとは思わなかった。

ダイは余計なひと言の多い口を引き結んだ。反省しながら黙々と道具を片付ける。

そのダイの手元を興味深そうに覗《のぞ》き込んでヒースが尋ねた。

「……仕事はこれで終わりですか？」

「いいえ。……仕事の終わった子たちのところを回って、崩れてしまった化粧を直しに行きます」

定刻が来ればほかの顔師と交代して、非番の芸妓の肌を診《み》て回ると、ダイはヒースに説明した。彼女たちの肌が荒《あ》れていないか確かめるのだ。

ほかにも顔に関わることなら何でもする。宴席《えんせき》があれば髪結《かみゆ》いや衣装方《いしょうかた》とも連携《れんけい》するし、芸妓の些細《ささい》な体調変化を医師へ伝える役目も化粧師が担《にな》う。肌の良《よ》し悪《あ》しと身体のそれは連動しているからだ。

「役者の演技を舞台《ぶたい》の内外で支援《しえん》するように、芸妓の美しさを演出する黒子《くろこ》。それが、化粧師です」

「……なるほど」

ヒースが深く頷いた。

「想像していたものとまるで違う。手も早いし、素人目《しろうとめ》でも、皆があなたを褒めそやすのもわかります。……あなたのお母様もさぞや腕のよい化粧師だったのでしょうね」

「違います」

ダイが被《かぶ》せるように否定したからだろう。ヒースが瞠目《どうもく》してダイを見返した。

「す、すみません」

「いいえ。かまいません。出過ぎたことを言いました」

「いえ、そういうわけではなくて……。ただ、わたしの母は化粧師ではなかったので」

それは稀《まれ》なことだった。職は通常、母方から受け継ぐものだからだ。

ダイの回答に男は違和感を覚えなかったらしい。彼はなるほど、と頷いて、軽い口調で問いを口にする。

「お母上のご職業を伺っても？」

正直に答えるべきか、迷い、ふと、思った。

ダイの生まれを知れば男も考えを改めて、引き抜きを取りやめるかもしれない。

逡巡《しゅんじゅん》は一瞬《いっしゅん》だった。

「……娼婦です」

儚《はかな》くて、無垢《むく》な、新雪のように清らかだった――伝説的な娼婦だった母、リヴ。隠し立てするほどのことではない。花街では年長の者なら誰でもダイの母の職を知っている。

ダイの期待に反して、男の反応はあっさりしたものだった。

「あぁ、それでさっきの……」

ヒースは最後の芸妓が去った方向を見た。

「あなたが男娼《だんしょう》だったなら、という意味だったのですね」

あの芸妓は古株《ふるかぶ》だ。リヴのことを知っていて、たまにああして当てこする。

黙り込むダイをしげしげと眺《なが》めてヒースは言った。

「まぁ、芸妓の方が嫉妬《しっと》するのも無理はないかもしれませんね」

「どういうことですか？」

「あなたはとてもうつくしい」

ヒースは気負いなくダイの容姿を評した。

「緑の黒髪、月色の目、白磁《はくじ》の肌……。お母上譲り？」

「いえ……色は父です。……顔立ちは、母に」

「なるほど。それではお母上はさぞや人気の芸妓だったことでしょう」

ヒースはいたく感心した様子で言った。

「あなたも性別を間違えられることが多いのではないですか？　女性だったのなら、傾国《けいこく》の姫君となっていたでしょうね。かの有名な――《滅《ほろ》びの魔女《まじょ》》のように」

滅びの魔女とは、戯曲《ぎきょく》でも多く取り上げられる、傾国の美女。

皮肉にもとれる比喩《ひゆ》だ。どう反応したものか黙考《もっこう》していたダイは、唐突に引き上げられた戸布の音に、背後の入り口を振り返った。

仕事を終えた芸妓が戻ってきたかと思ったが、違った。

戸布に手をかけて、アスマが立っていた。

「ダイ、いま手は空《あ》いているかい？」

「空いています。……何かありましたか？」

即答《そくとう》して立ち上がり、ダイは彼女に尋ねた。アスマの表情は曇《くも》っている。よくないことが起こったらしい。

アスマはヒースへ黙礼《もくれい》したのち、踵《きびす》を返《かえ》してダイを手招いた。

「サイシャが嫌な客に当たってしまってね。……来ておくれ」


案内された先は中級の芸妓が使用する部屋のひとつだった。通された室内はひどい有様《ありさま》で、花を含む装飾品の類が散乱し、見習いの童女たちが大急ぎで片付けにかかっている。

問題の芸妓は寝台《しんだい》に腰掛けて顔を冷やしていた。

ダイは彼女に歩み寄ってその傍らに片膝《かたひざ》を突《つ》いた。背後で立ち止まったヒースが息を呑《の》む。

「あぁ、結構ひどくやられましたね」

殴《なぐ》られたらしい。ひと目で乱暴されたとわかる、痛々しい有様だった。服も髪も乱れきり、頬は異様に赤い。目周りに至っては黒ずんでいる。

ダイの指摘に芸妓が嘆息《たんそく》する。

「おかげさまで、この通り。腫れていないのが救いね」

「あとできますよ」

「かもね。ねえ、ダイ。もうすぐ旦那《だんな》様がお越しになるの。応急処置、お願いできる?」

「もちろんです」

「応急処置?」

ヒースが怪訝《けげん》そうに目を細める。

「あなたは、治療《ちりょう》もできるのですか?」

「まさか。わたしは、化粧師ですよ」

ダイは笑いながら、化粧箱の蓋《ふた》を開けた。部屋の隅《すみ》に置かれた水差しを視界に収め、ちいさな手拭いを箱から用意する。

ヒースを振り返って、ダイは彼に告げた。

「わたしにできるのは、美しくすること。ただ、それだけです」

準備を言いつけられた童女たちが慌ただしく散る。ダイのために広めの卓を寄せ、たらいと水差しを置き、予備の手拭いを積み上げる。

ダイは化粧道具を手早く並べた。数種の小瓶、色板、白粉、化粧筆。

道具を検品しながら、サイシャに声を掛ける。

「本当に、応急処置ですよ」

「だぁいじょうぶ。旦那様が、びっくりされなければいいのよ。あとはこっちの顔がわからないぐらい、溺《おぼ》れさせてあげればいいんだから」

サイシャが自信たっぷりに胸を反らした。

化粧師の仕事は、芸妓たちを美しくすること。

そして彼女たちが誇《ほこ》りを持って成すべきことを成す、手助けをすることだ。

ダイはサイシャの青痣《あおあざ》に触れて告げた。

「そっと触《さわ》っていきますが、痛かったら言ってください」

「わかったわ」

了承に頷くサイシャに微笑んで、ダイは彼女からいったん離れた。

瑕疵《かし》のない肌を彩ることは楽しい仕事だ。だがそれは経験の浅い化粧師でも容易《たやす》い。

短所を補う化粧のときこそ、技量が出る。

ここからが化粧師の腕の見せどころだ。

ダイは素早《すばや》く手を清め、玻璃の小瓶を取り上げた。中身は乳液。ある種の花の胚《はい》を傷つけて採取する、とろみのある液体だ。肌を落ちつかせる効果がある。化粧のもちもよくなり、香りもよい。その乳液を浸《ひた》した手のひら大の綿布で、サイシャの剝《は》げかけた化粧を拭い取る。

続けて、練り粉を用意する。象牙色から夜色まで。相手の肌の色や、用途《ようと》によって使う色は異なる。

ダイは目が痛くなるほど鮮やかな黄色の練粉を指ですくい取った。

ダイの背後でヒースが呟く。

「すごい色ですね」

「これで目の周りの痣の色をとばします」

黒ずんだ左目の周りに、黄色の練粉を塗布《とふ》する。柔肌《やわはだ》を愛《め》でる心地で丁寧に、ごく薄く。

ダイはヒースに説明した。

「黄色は光を集めますから。白よりも肌に馴染んで、黒や青、茶といった濃い色を消してくれるんです」

黄色系の肌を持つ芸妓たちに、寝不足《ねぶそく》からくる目の下の隈《くま》や、そばかすを隠《かく》す際に使用する色だ。ただし、肌が黄味を帯びすぎないように、使う量には気を配らねばならない。

練粉の塗布を終えると、ダイは筆を手に取った。親指ほどの太さを有する筆だ。その筆先の硬《かた》さを指の腹で確認しながら、別の小瓶を引き寄せる。瓶にはとろみを帯びた、象牙色の液体が入っている。

ヒースが問う。

「痣は消えていませんが、別の色を重ねるんですか？」

「同じものを厚塗《あつぬ》りしすぎた化粧は簡単に崩れます。薄い層を重ねるように何回も塗るんです。特に、目許ですからね」

瞬《まばた》きを繰《く》り返《かえ》す分、目許は崩れやすい。

ダイは液状の練粉を娘の目許に薄く伸ばした。ヒースが呟く。

「薄くなりましたね」

「ええ、もっと目立たなくさせましょう」

ヒースに応じながら、ダイは色粉を一瞥《いちべつ》した。橙《だいだい》より一段暗い練り状の色粉を選ぶ。目許の彩りにも使うものだ。それを柔らかい筆で取る。膜《まく》を作るように、肌色《はだいろ》の上に、淡くのせていく。

「痣が消えた……」

驚きの響《ひび》きで、ヒースが呟く。

ダイは色板に手を伸ばした。固形の顔料がはまっている。色の種類は多彩《たさい》だ。その中から芸妓の肌に近い色を選び、娘の目周りに筆で重ねた。

最後は白粉。練粉とは比べものにならないほど粒子《りゅうし》の細かい粉体だ。それを握《にぎ》り拳《こぶし》ほどの大きな筆に含ませ、芸妓の顔全体にさっと被せたときには、彼女の目許の青痣はきれいに消えて、ほかの部位との差違《さい》は遠目には見られなくなった。

「終わった？」

「いいえ、まだです」

身体を起こそうとする娘の肩を押《お》し返《かえ》し、ダイは色板と平筆を手に取った。小指と同等の幅《はば》をした平筆は目許に用いるものだ。その筆で取った淡い青で、娘の上瞼を着色する。

傍らからダイの手元を覗き込み、ヒースが首をかしげた。

「青色？」

「ええ、普段《ふだん》はあまり使わないんですが」

睫毛《まつげ》の生《は》え際《ぎわ》から徐々《じょじょ》に薄くしつつ、半円を描《えが》くようにして色を塗り伸ばす。淡い青が瞼にきれいに馴染んだら、一段濃い青を上瞼の際《きわ》に入れて、あらかじめ先を平たく潰《つぶ》した綿棒で、色の境目を丁寧にぼかした。

次は、目許の仕上げだ。ダイは化粧箱から小瓶を取り出した。中身は藍色《あいいろ》の液体だ。

「それは？」

「際をなぞります。金粉《きんぷん》が入っているので、青が引き立つ」

用いる筆の毛束は爪《つめ》の先の幅もないほど細い。毛質も硬く、細い線を描ける。ダイはその筆先を小瓶に浸して色を含ませた。布の上で液の量を調節する。そして左手でサイシャの片瞼を引き上げ、睫毛の生え際に大胆《だいたん》に線を引いた。

「あぁ、いいね」

アスマが、感想を呟いた。彼女の目に適《かな》えば安心だ。

瞼に塗った色の濃さを、左右の釣《つ》り合《あ》いがとれるように調整し、ダイは筆を置いた。手に付いた色粉を布で拭って、その指でサイシャの唇に蜜蠟を塗る。

頬に紅を加え、最後にサイシャの肌から余分な粉を大ぶりの筆で刷《は》いて落とした。

「――できました」

サイシャの乱れた髪を指で梳《す》き通しながらダイが完成を告げると、室内に控《ひか》える童女たちから、ほぅ、と息が漏《も》れた。

彼女の目周りに現れつつあった、あの痛々しい青痣を、いま見いだすことは難しい。よしんば肌色の微妙《びみょう》な差に気づいても、一見したかぎりでは灯明皿の上で揺《ゆ》らめく火の影《かげ》としか思わないだろう。

長い睫毛が瞬くたびに、瞼の上に濃淡を付けて塗り重ねた青が煌《きら》めく。

ダイから手渡された鏡を覗き込み、サイシャが表情を綻《ほころ》ばせる。

「殴られたところが、ぜんぜんわかんない」

「化粧が剝げたらさすがにわかりますよ」

「いいのよ。青を使ったの、痣が目立たないように？」

「そうです」

ダイは化粧道具を片付けながら肯定した。

黄味を帯びた蠟燭の灯りの中で、青はくすんで見えやすい色だ。それが今回ばかりは目周りの違和感《いわかん》をきれいに消してくれていた。

「肌色を調整しただけだと、顔を近づけたときに、痣に気づかれてしまうでしょうから。口づけの最中に、相手に止まられるのも興《きょう》ざめでしょう？」

「そうね」

おかしそうに笑ってダイに同意したサイシャは、再び鏡を覗き込み、陶然《とうぜん》とした響きで呟いた。

「知らなかった……。わたし、青も似合うのね」

サイシャは美しい切れ長の目をしていて、青はその涼《すず》しげな目許の魅力《みりょく》を、最大限に引き出す色だった。

微笑む女はただ美しい。

ダイはアスマを振り返った。

「約束してる旦那様が来られるまでは、彼女を休ませるんでしょう？　アスマ」

「当たり前だろう。あたしを馬鹿にするんじゃないよ」

「……と、いうことなんで、水を飲んで、少し休んでいてください。顔はぎりぎりまで、冷やした布を当てて……うたた寝《ね》は駄目です。目許が崩れます。口の紅は旦那様が来られる前に塗り直しを。色は薄めで」

口紅をいまここで塗ったとしても、休んでいる間に落ちてしまうだろうから、蜜蠟を塗るだけに留《とど》めておいた。

わかったわ、とサイシャが神妙《しんみよう》に頷いた。

これでひとまず彼女に対するダイの仕事は終わりだ。

立ち上がりかけたダイの首に、するりと女の腕が巻き付く。

彼女はダイの耳元に唇を寄せた。甘い香りがふわりと漂った。

「ありがとう、ダイ。もうちょっとおっきくなったら、あたしを指名してね」

ダイは苦笑《くしよう》しつつ彼女の身体を押しやった。

「化粧師は客にはなりません」

「アスマ、そろそろこの規則変更《へんこう》しない？」

「しないよ」

アスマが煙管に火を入れながら即答する。つまんないの、と、頰を膨《ふく》らませるサイシャから離れ、ダイはヒースに声を掛けた。

「それでは、次へ行きましょう」

ヒースがはっと息を呑んでダイを見る。

まるで夢から醒《さ》めたばかりのような顔だった。

「……どうかしましたか？」

「……いいえ」

ダイの問いにヒースが軽く頭《かぶり》を振った。

「次ですね。参りましょう」

彼が落ち着いた声音でダイを促《うなが》す。

その眉間《みけん》には微かなしわが寄っていた。


昇り始めた朝日を受けて外壁《がいへき》の縁が淡く白む。

馬車回しまで見送りに歩くダイは、先を行くヒースの背に躊躇《ためら》いがちに声を掛けた。

「あの……何かしましたか、わたし」

サイシャに化粧を施したあとからだ。ヒースは険しい表情で黙り込むようになった。

ダイに興味がなくなっただけならよいが、本格的に彼の機嫌《きげん》を損《そこ》ねているなら問題だ。

被害《ひがい》がアスマや彼女の芸妓たちにまで及《およ》びかねない。

いいえ、と、ヒースが真顔で否定する。

「なにも、していません。何も──むしろ、逆です。あなたは、よかった。とても」

「……はい？」

馬車の前に辿り着き、ヒースがくるりと振り返る。彼はその蒼《あお》の双眸《そうぼう》でひたとダイを捉《とら》えた。

「いつ、あなたは来られますか？」

「えっと、どこへ……」

「ミズウィーリにです。ほかにどこへ？」

「あっ、と、そ、うですね。……まだ、わたしを雇うおつもりで」

「それがなければ早々に帰っていますよ」

彼はそうしなかった。仕事終わりの夜明けまで、ダイに付き合い通したのだ。

(思ったより、嫌なひとでは、なかった)

仕事の見学をするヒースの言動から、ダイは彼の評価を改めていた。彼は頻繁《ひんぱん》に絡《から》んできていた芸妓たちにも紳士的《しんしてき》な態度を崩さなかったし、決してダイの仕事の邪魔《じやま》をすることもなかった。

だから、気が緩《ゆる》んでいたのかもしれない。

ダイは口を滑《すべ》らせた。

「……あの、それは、命令ですか？」

今度はヒースが首を捻《ひね》った。

「それ、とは？」

「貴族街に……ミズウィーリ家に行くことです」

（馬鹿なことを訊いた）

答えなど、わかりきっているのに。

ところがヒースの返答はダイの予想と違った。

「命令ではありません」

ダイはヒースを凝視した。その視線を受けたヒースが苦笑する。

「ええ、確かに、あなたを無理強《じ》いして連れて行ってもよかった。ですが……そうすべきではない、と、わたしは思った。あなたは、尊重されるべき職人だ」

ひと呼吸置いて彼は言葉を続ける。

「今日、あなたの化粧を拝見して驚きました。わたしの知るものとはまったく違った。手法が違う、そういったことだけではありません。あの……あなたが痣を消した、彼女」

「サイシャ？」

「そう。……あなたが彼女にした化粧は単に人を美しくする、というものではなかった。あなたが化粧をしたあと、わたしにはあの芸妓が、尊厳《そんげん》を踏《ふ》みにじられたばかりの弱った娼婦ではなく、つよく美しい聖女に見えた」

ヒースの手がダイの腕を摑《つか》む。

「あなたの化粧には力がある」

人の印象を塗り替える力が。

ダイの顔を覗き込んで彼は言った。

「やはりわたしは、あなたが欲しい」

愛を告げているかのような。

直情的な、声だった。

ダイは呆然《ぼうぜん》と立《た》ち尽《つ》くした。その反応にヒースは我に返ったようだ。彼はダイの腕を解放すると、狼狽《ろうばい》した様子で弁解した。

「あ、あぁ……失礼いたしました」

「いえ……大丈夫です」

ただ、驚いた。

そして、心を揺さぶられた。

これほどまでに強く、だれかに求められたことはなかったから。

ダイの返答に一瞬だけ安堵《あんど》の色を覗かせ、ヒースは改めて表情を引《ひ》き締《し》めた。

「一日だけ、待ちます。明日、遣いをやりますから、返答を言付けてください。猶予《ゆうよ》がなくて申し訳ありませんが」

「……いえ、あの、充分《じゅうぶん》です」

拒否権《きょひけん》と考える時間を与《あた》えられただけでもよしとするべきだ。

ダイの了承に頷き返し、ヒースが決然と告げる。

「選ばれる美しさを追求している職人が花街の化粧師だというのなら、まさしくマリアージュ様に必要な存在でしょう。女王候補は女王として選ばれてこそ。その要素のひとつが美しさなのだから」

それに、と、彼は付け加える。

「マリアージュ様は御年《おんとし》十七です。あなたは十五。年が近いほうが、マリアージュ様も気《き》兼《が》ねせずにすむでしょう」

ダイ、と、耳に馴染む低い声が降る。

初めて名を呼ばれて、ダイははっと男を見返した。

「色よい返事を、期待しています」

優雅《ゆうが》に会釈《えしゃく》した男はすぐさま用意された馬車に乗り込む。

朝日の中に去りゆく馬車に向け、ダイは礼に腰を折った。

自分を求めている。そうわかる力強い声の余韻《よいん》を、耳の奥で、もてあましながら。

堰《せ》き止《と》められていたものが、一気に流れ出した。

そんな、波乱に満ちた、怒濤《どとう》のような一日だった。

ヒースの見送りから戻り、アスマの私室の長椅子に沈むダイの顔を、部屋の主人が覗き込んで問いかける。

「どうだった？」

「疲《つか》れました……」

「そんなこたぁ、わかっているよ」

アスマの顔も疲れている。急な上級貴族からの遣い。降って湧《わ》いたダイの引き抜きの誘い。ダイと共に館中を闊歩《かっぽ》した、やたら顔のよい男について、芸妓たちからの追及も相次いだ。疲れる要素ばかりである。

アスマがため息交じりに問いの内容を補足する。

「あんたのその様子じゃ、無理矢理引っ張っていかれることはなさそうなんだろ。でも、答えは出さなきゃならない。……あの御仁の依頼を引き受けるのかいって訊いているんだ」

「わかりません」

今度はダイが息を吐く番だった。

男の力強い手の感触《かんしょく》が摑まれた腕に残っている。

ダイは長椅子の上で膝《ひざ》を抱えて呻《うめ》いた。

「あのひと、純粋《じゅんすい》に、わたしの腕を、必要としているようでした」

「なら」

「でもアスマ。わたしは、ここから出たくない」

ダイは頭を振って自身の発言を訂正《ていせい》する。

「出なければいけないことはわかっています。でも……貴族街、だなんて」

「だから、会えなくなると決まっているわけじゃない。早とちりするもんじゃないよ」

煙管に火を入れながらアスマが指摘する。やや置いてふっと紫煙を吐いた彼女は、屈《かが》んでダイと目線を合わせた。

「あんたは、本当に筋がいい。ひいき目なしに、あたしはそう思うよ。うちの館のなかで一番、いや、この花街で最も腕のいい化粧師だ。だからこそ、同業の旦那たちだって、あんたに声を掛けるんだ。……でも、リヴの子だから」

リヴ――ダイの母。花街ではまだ多くの者が、彼女の面影《おもかげ》を追い掛けている。

「あんたは、ここを出る。それが約束だ。あんたが化粧師としてきちんと腕を揮《ふる》える場所があるなら、行くべきなんだよ」

やはり、アスマは最初から、ダイを外に出すつもりで、あの男と引き合わせたのだ。

ダイは下唇を噛みしめた。

ここがわたしの街だ。ここがわたしの家だ。ここがわたしの生まれた場所だ。

皆、そこで生を全《まっと》うするのに。

生きる場所を最初から与えられているのに、なぜ自分だけが、それを探しに行かなければならないのか。

ダイは抱えた膝《ひざ》に額を押し当てる。

「アスマの子だったら、よかったんでしょうね」

「化粧の仕事が好きなくせに、なに言っているのかね、この子は」

アスマが項垂《うなだ》れるダイの頭に手を置いた。

「あたしだってあんたを追い出したいわけじゃないさ。……あんたのおしめを替えてやったの、だれだと思っているんだい？」

知っている。

ただ、ダイがここにいれば皆が不幸になる。皆を、アスマを、苦しめる。

煙草盆《たばこぼん》の角で煙管をこつこつ鳴らし、アスマが煙草をゆったり吹かしてダイを諭《さと》す。

「上手《うま》く行かないときは帰ってくればいい。ただ、最初の一歩は早めに踏み出しておくべきだ——それだけの話だよ」

一日、考えた。

ひと仕事終えた芸妓たちがまどろむ日中、清掃人たちが掃《は》き清《きよ》める街並みを、自室の窓から眺めながら。日が傾き、夕暮れの茜色《あかねいろ》に染まり始めた館のそこここで、男衆《おとこしゅう》たちが角灯を点《とも》し始め、見習いの童女たちが明るい声で姐《あね》たちを起こして回る間も。

花街が、好きだった。いつかは、出て行かねばならないと知っていた。

だから、なおさら。

『あなたが欲しい』

強く求められたとき、答えはすでに決まっていたのだと思う。

──仕事が始まる直前、ダイはアスマの私室に立ち寄った。

「はぁ……。あたしも忙しくなるね」

アスマがやれやれと頭を振る。自分が勧めたこととはいえ、これからを思うと頭が痛いようだ。

「あんたの抜けた穴を埋める顔師を探すのは、骨が折れるよ」

どこから引き抜こうかと、経営の競争相手の名を列挙《れっきょ》する女に、ダイはほろ苦く笑った。

女王候補の化粧師となる旨《むね》を、ヒースが寄越した遣いにダイが告げたのは、それから程なくしてのことだった。

出立までは十日もなかった。女王選はすでに始まっている。女王候補を支援する立場としてヒースは少しでも早い移動をダイに望んだ。住まいを引き払い、仕事を同僚《どうりよう》に引《ひ》き継《つ》ぎ、慌ただしく支度《したく》している間にすぐ出立の日だ。

「これを渡しておくよ」

馬車で迎えにきたヒースと共に、花街を発《た》とうとするダイへ、アスマが木製の平たい箱を差し出す。

「何ですか、これ?」

「あとで開けな。……しっかりおやり」

釈然《しやくぜん》としないものを感じつつ、ダイはアスマに微笑みかけた。

「はい。……元気で、アスマ」

今生《こんじよう》の別れのつもりはないが、次にいつ戻れるかわからない。挨拶は少々湿《しめ》っぽく、そして見送りの数も多かった。仕事明けの芸妓や、ダイを臨時で度々《たびたび》雇っていた、ほかの娼館の主人たちの顔も見える。

彼女たちの顔は朗《ほが》らかで、ダイの前途《ぜんと》を祝福しているように見えた——地方の劇場の顔師として、ヒースに引き抜かれたのだと、アスマは皆に説明していた。

皆と挨拶を交わすダイの横で、アスマがヒースに声を掛ける。

「リヴォート様、うちの自慢《じまん》の顔師を、よろしくお願いいたしますよ」

「ええ……。誉《ほま》れを耳にする日を、楽しみにしていてください」

挨拶を終え、馬車に乗る。

車輪がゆっくり回り出す。

ダイは窓に額を当てたまま、荷物を抱く腕に力を込めた。覚悟《かくご》はしていたが、こみ上げるもの寂《さび》しさはどうしようもない。

ダイは花街で生まれて、花街に育てられた。ダイは花街が好きだった。酸《す》いも甘《あま》いも、ひとの醜《みにく》さも美しさも、狂乱《きょうらん》のような賑々《にぎにぎ》しさも、この朝のような静謐《せいひつ》さも、すべてが渾然《こんぜん》と存在するあの街で、ずっと生きていたいと思っていたのだ。

「すぐに慣れます」

ダイは視線を対面の席に腰掛ける男へと移した。彼もまた花街の方角を眺めていた。

「感傷はすぐに押し流される。これからあなたは、これまでとまったく異なる場所に赴《おもむ》くのだから」

寂しさを感じる余地などない。

ヒースの言葉は慰《なぐさ》めともとれたし、覚悟を促されているようにも聞こえた。

「ただ……あなたの気持ちもわかるつもりです。故郷を離れるのです。しかも、あなたは、あの街の人々に、ずいぶんと好かれていたようだ。……余計に寂しいでしょう」

「わたしはあの場所で生まれました。皆、家族のようなものですから」

「なるほど。……納得《なっとく》いたしました」

「なっとく?」

「ええ。アスマに脅《おど》されましたのでね……。あなたを不当に扱うようなら、街を挙げて、全力で報復《ほうふく》すると。……それはご免被《めんこうむ》りたい」

真剣な声で彼は言った。

「芸妓たちの報復は怖い。この国で彼女たちは力を持つ。この国は——芸妓の国だ」

この国は、芸技の国。

またの名を、芸妓の国。

他国からそう呼ばれるほど、この国の娼婦たちの評価は高い。その独特の人脈は貴族にまで及ぶ。決して侮《あなど》れない相手なのだと、ヒースは述べた。

「もちろん、元よりあなたを不当に扱うつもりはありません。年や出自は関係ない」

「変わっていますね」

ダイの指摘にヒースが首をかしげる。

「……何がですか?」

「えぇっと、貴族の方……お仕えする方も、血筋や生まれを重んじる方々ばかりだって、思っていましたから」

「えぇ……あなたのおっしゃる通りですよ。ですが、それらに縛《しば》られていては勝ち得ないものもある。……力があるなら、使うべきです。己の信条を、曲げてでも」

当初は怪《あや》しく思ったが、出自や年齢を問わずに主人の力となるものを、ヒースは集めようとしているのだろう。花街まで足を運んだのは、その一環《いっかん》だったに違いない。

「リヴォート様は……何のために、そうまでして、マリアージュ様を、女王に押し上げようと、なさるのですか？」

尋ねてからダイは愚問《ぐもん》だと気づいた。マリアージュが女王になれば、その僕《しもべ》たる男にも権力や財が集まる。必死になって当然だ。

けれどもヒースはダイの問いに、そうですね、と、思案した。

ややおいて蒼の目を細め、冷えた声で彼は言う。

「わたしの主《あるじ》が、真《しん》の意味で――国の主と、なるために」

そのためなら手段も、遣う人材も、利あるかぎり厭《いと》わない。

この男に、そう言わせる女王候補とは、いったいどのような娘なのだろう。

ダイはまだ見ぬ新しい主人に思いを馳せて窓の外へと面を向けた。

静かに目覚めを待つ街を馬車はひた走る。

やがて街の外壁の彼方《かなた》から現れた朝日が、ダイの目を強く焼いたのだった。

第二章

デルリゲイリアの王都は複数の街で構成される。

階層建ての娼館《しょうかん》が並ぶ花街《はなまち》、国中から物品の集まる交易街《こうえきがい》、あらゆる類《たぐい》の住民が暮らす裏街――そして王都の中でも最大の広さを誇《ほこ》る街が、貴族街だった。

治政《ちせい》に関わる大勢の官たちを内包《ないほう》する王城を中心に、平時から各家の本邸《ほんてい》が並び、社交季には国中の貴族が集《つど》うと言われている。

王都の最も外周に位置する花街から、貴族街に辿《たど》り着《つ》くまでは何事もなければ一刻半。

ダイは今後の情報の擦《す》り合《あ》わせを、馬車の中でヒースと行うことになった。

まずは契約《けいやく》内容、注意事項《じこう》の確認《かくにん》。細かな規則については、屋敷《やしき》に到着《とうちゃく》したあと、別の使用人から説明があるそうだ。生活習慣の違いなども含《ふく》めて、いくつも質疑応答《しつぎおうとう》を繰《く》り返《かえ》し、ヒースとの話題は女王選に移った。

「ミズウィーリにおけるあなたの役割を話すにも、ここを理解しておいてもらわなければなりませんからね」

神妙《しんみょう》な声色《こわいろ》でヒースが問う。

「あなたはどこまで女王選についてご存じですか？　ダイ」

「ええっと、そんなに詳しくは……。五人の女王候補から、女王様に相応《ふさわ》しいひとを《聖女の祝祭》の日に選ぶ」

《聖女の祝祭》は冬の始まりを告げる、市井《しせい》でも盛り上がる祭日のひとつだ。

「あとは、女王候補の方々は、色んな催《もよお》し物《もの》に参加する。自分で開くこともある、ぐらいでしょうか」

ダイは花街の出立前に下調べを試みたが、わかったことといえばこの三点だけだった。

「催し物って、お茶会とかですか？　そういうところで、自分が女王に相応しいですって、訴《うった》えて回る？」

「ええ、その通りです。……園遊会、茶会、昼食会、晩餐会《ばんさんかい》、多くの会を通じて社交します。幅広《はばひろ》く人と交流を持ち、自分の美しさや知性、ときには人脈を相手に印象づける。そして選出されてから十月十日《とつきとおか》後、《聖女の祝祭》に女王候補は演説を行い、貴族はそれを受けて、支持する候補に投票する」

ここまでが、女王選の大まかな流れだと、ヒースは述《の》べた。

「……えんぜつ？」

「女王として立つ決意表明みたいなものですよ。……それを聞いて投票先を変える貴族もいるので、侮《あなど》れないのですがね。票は各家の当主夫妻と跡継《あとつ》ぎが、一票ずつ持っています」

「はぁ。芸妓《げいぎ》の人気投票みたいですね。票の数は桁《けた》が違《ちが》うと思いますけれど」

「それがどの程度の規模かはわかりかねますが、女王選の票数はだいたい、あれぐらいの数です」

ヒースが窓の外を目で示す。貴族街と平民街を隔《へだ》てる巨大《きょだい》な壁《かべ》、そしてその向こうに連なる尖塔《せんとう》が流れて見えた。貴族の館の尖塔だ。

「上級貴族は十三家。中級は二十七。下級の数は決まっていません。票の総数は百あるかどうか。派閥《はばつ》があって、それである程度はまとまっていると言っていいでしょう。ですから社交で彼《かれ》らの気を、いかに好ましく引くかが鍵《かぎ》、なのですが、問題はマリアージュ様です。……華《はな》やかさに欠ける、というお話はいたしましたね」

「はい。聞きました」

「マリアージュ様はそのことをご自覚されている。そして自信を喪失《そうしつ》なさっている。そのような状態では、支援者《しえんしゃ》となりうる者たちの関心を惹《ひ》き付《つ》けるどころではありません。だからわたしたちは、マリアージュ様に自信を取《と》り戻《もど》させる手段を模索《もさく》していました」

「……そこで、わたし、ですか？」

マリアージュに美しく化粧《けしょう》を施《ほどこ》し、彼女《かのじょ》に自信を持たせる、そのための化粧師。

ヒースが肯定《こうてい》に頷《うなず》いた。

「マリアージュ様が社交に赴《おもむ》かれる前の支度《したく》の補助が、あなたの当面の仕事です。いずれはあなたも様々な催《もよお》しに参加していただく。マリアージュ様の擁《よう》する《職人》として」

「わたしも参加することがあるんですか？　その、晩餐会とかに？」

ダイの声が知らず裏返る。だがヒースは当然のような顔をして、もちろん、と、言った。

「《職人枠《わく》》とは、そういう意味ですよ」

「……はぁ。見世物的なやつですか。それならやっぱり、劇場の顔師の人を引《ひ》き抜《ぬ》いたほうが、よかったんじゃないですか？　貴族の方への対応にも、慣れていると思いますし……」

「貴族と関係の深い場所で職人を探せば、マリアージュ様が自信を喪失していると噂《うわさ》が広まる。それはわたしたちの望むところではありません」

「アスマの館にも貴族の方は来ますけれど」

「貴族街にある劇場と比べれば、かわいい数ですよ」

それで花街まで化粧師を探しに来たのか――ダイは納得《なっとく》に息を吐《は》いた。

「あなたにはもうひとつ、理解していただきたいことがあります」

改まってヒースが前置く。ダイは背筋を正した。

「……何でしょうか？」

「貴族にとって、化粧はせいぜい、白粉《おしろい》を叩《はた》いて、口紅《くちべに》を塗《ぬ》る程度だということです」

貴族たちは濃《こ》い化粧を好まない。たしかな血筋であればあるほど器量はよいもののはずで、化粧をする必要はない。

それが貴族たちの化粧に対する考え方らしい。

「上級貴族に化粧をするなら、それこそ圧倒的《あっとうてき》な技量が必要になる。……だからわたしはあなたを選んだ」

ダイは瞬《まばた》いてヒースを見返した。

「あなたの化粧には力がある。あなたはマリアージュ様の支えとなる――わたしは、あなたに期待しています」

正直なところ、先行きには不安しかない。

ダイの新たな職場は上級貴族の屋敷。仕《つか》える先は女王候補。考え方や生活習慣はもちろん、常識すら異なると、貴族の振《ふ》る舞《ま》いを花街で目にしたことのあるダイは知っている。

化粧のことを含め、学ぶべきことは多い。きっと厳しいことも。

それでも、耐《た》えてみせようと思えた。

「任せてください」

自分は花街を出た。新しい居場所を手に入れるために足掻《あが》かなければならない。

なにより、目の前の男がダイをひと角の化粧師として認めている。

それに応《こた》えなければ、職人の名折れというものだ。

ヒースが微笑《ほほえ》む。

「いい返事です。……あぁ、門に入りましたね。検問所を抜《ぬ》ければ、貴族街です」

窓を一瞥《いちべつ》し、彼は言った。


デルリゲイリア王都において、貴族と平民、二者の生活区域は壁によって分けられている。門は三カ所。北門と南門、そして中央門。ダイたちの乗る馬車が入った門は正門とされる中央門だった。

壁を貫《つらぬ》いた通りの只中にある検問所で待つことしばし、馬車の御者《ぎょしゃ》が番兵と遣《や》り取《と》りしたのち、先を塞《ふさ》ぐ木扉が大きな軋《きし》みを上げた。

木扉が左右へ開くに従って、薄暗《うすぐら》かった車内に光が射《さ》す。馬車が動き出し、景色が再び流れ始めた。

ここからが貴族街――ダイが新たに暮らす街だ。

ダイは思わず馬車の窓に張り付いた。

「……すごい」

まず目に飛び込んできたものは、鮮《あざ》やかな緑だ。青々とした葉の緑。石畳《いしだたみ》の模様が美しい通りの路肩に彩《いろど》りを添《そ》えるその色は、平民街では滅多《めった》に目にしないものである。煉瓦《れんが》と石を建材とする工房《こうぼう》や家が狭《せま》い敷地《しきち》にひしめく平民街では、花以外の植物が乏《とぼ》しいのだ。

「木が、たくさん」

「ここで驚《おどろ》いていたら、きりがありませんよ」

笑いを微《かす》かに含んだ声でヒースが指摘《してき》する。

「ここはまだ玄関口《げんかんぐち》です……貴族街のね」

市街地に入ります、と、彼が続ける。ダイは窓の外を見直した。美しい街並みが広がっている。まず、通りが広い。そして人が少ない。敷地を隔てる壁の奥《おく》に垣間見《かいまみ》える、針葉樹林《しんようじゅりん》の先端すら整然《せいぜん》としている。防犯用の垣根だという。

その陽光の散る緑の彼方《かなた》に、ひときわ煌《きら》めく一角が見えた。

デルリゲイリア王都に寄《よ》り添《そ》う山脈の麓《ふもと》。銀に照《て》り映《は》える尖塔群が扇状《せんじょう》に広がっている。その姿は天を仰《あお》いでいまにも羽ばたこうとする白い鳥のようだ。

ヒースが尖塔群を指した。

「あれがデルリゲイリア王城です」

「きれいですね……。それに思ったよりうんと広いです」

「あれがひとつの街のようなものですからね。ミズウィーリはあの傍《そば》に敷地を持っています」

ミズウィーリだけではない。上級貴族の邸宅《ていたく》は皆《みな》、王城に隣接《りんせつ》しているらしい。

馬車は貴族街の奥へとぐんぐん進み、城の細かい造形《ぞうけい》が見え始めたころ、鉄柵《てっさく》に野ばらの絡《から》みつく屋敷の門を通過した。

広大な庭と林まで備える、大邸宅《だいていたく》だ。

「本館は三階まで。屋根裏もありますが、行くことはほとんどないでしょう……。あの塔《とう》は見張り用です。屋根の上にもあちらから出ることができます」

館への小道を走る間、窓から見える館の構造をヒースが解説していく。

「使用人の控《ひか》え室《しつ》は地下ですが、侍女《じじょ》と執事《しつじ》の控え室は各階にあります。あなたと仕事をするのは侍女たちですね。あとで一同を集めて顔合わせをしますから、そのつもりで」

「はい」

「住居は塔を挟《はさ》んだ別館です。わたしも含め、マリアージュ様に仕えるものは皆そちらを住居としています。あなたの部屋もそちらに。礼拝堂は別館の隣《となり》です」

「礼拝堂まであるんですか？」

ダイは驚きに声を上げた。

安息日に主神《しゅしん》に祈《いの》りを捧げることは皆の習いだ。そのための礼拝堂は花街を含めた街のいたるところにあった。しかしその礼拝堂を個人で所有しているとは。

「こちらでは別の家の者と集まって祈ることはほとんどありません」

例外は式典のときのみ。日々の祈りはすべて各家の中ですませるという。

はぁ、と、ダイは感嘆《かんたん》に呻《うめ》いた。やはり、規模が違いすぎる。

馬車は馬車回しの手前で小道に入り、程《ほど》なくして停止した。

御者が扉を開き、まずヒースが先に降りる。その後に続いたダイを、重厚《じゅうこう》な扉が出迎《でむか》えた。二輪の野ばらと幾何学的《きかがくてき》な図形、そして魔術《まじゅつ》文字が取っ手に彫《ほ》り込《こ》まれた扉だ。

「すごい扉」

「単なる使用人の通用口です」

「これで……ですか？」

「すぐに慣れます。……ところで、ほかの皆はどうした？」

扉の図形をまじまじと眺めていたダイは、急に口調を変えたヒースを振り返った。彼は馬車の陰にいつの間にか立っていた、若い従僕《じゅうぼく》と向き直っていた。

従僕は弱り切った顔をして、もごもご口を動かした。

「わかりません。……まだ、誰もこちらにはお越しになっておらず」

「先触《さきぶ》れは出していたはずですが」

「わたしたちが早く着きすぎただけじゃないんですか？」

口を挟んだダイに、ヒースが否《いな》を返す。

「いいえ。定刻通りです。これは……」

「リヴォート様！」

ヒースが何事かを言いかけた瞬間《しゅんかん》、ばん、と音を立てて、唐突《とうとつ》に館の扉が跳《は》ね開いた。

風圧を感じて、思わず身構えるほどの勢いだ。

その扉の向こうから女がひとり転がり出る。

彼女はダイの前を素通《すどお》りしてヒースに縋《すが》り付《つ》いた。

「リヴォート様！　よかった！　早く来てください！　お帰りをお待ちしていたんですよ……！」

茶色のくせ毛を結《ゆ》った若い女だ。下女《げじょ》、ではないだろう。かなり仕立てのよいお仕着せを着ている。

腕をぐいぐい引っ張る女へ、ヒースは面倒くさそうに告げた。

「用件を先に言いなさい、ティティアンナ」

「マリアージュ様ですよ！　決まっているじゃありませんか！」

ティティアンナと呼ばれた女が叫ぶ。ヒースがわざとらしく肩を落とした。

「……またですか……」

「ロドヴィコ先生もお手上げで……限界です！　手をつけられません！」

「少しはあなたがたで対処しなさい」

「しようといたしました！　でも、これ以上は無理です！」

「本当、どうしようもないですね……」

ふたりの応酬《おうしゅう》、加えてヒースの苦り切った顔に、ダイは唖然《あぜん》として立《た》ち尽《つ》くす。

（なんですか、これ）

話からしてマリアージュの身に何か起こった——いや、彼女が何かをしでかしたのだ。

しかも、また、と、言っている。

動く気配のないヒースにしびれを切らし、女が腕を突《つ》き放《はな》して館に駆《か》け込む。

「早く！」

ヒースへの念押しも忘れずに。

踵《かかと》の音が遠ざかる。床《ゆか》に叩きつけるようなその音は、ティティアンナの焦燥《しょうそう》をそのまま表していた。

ヒースはため息を落としてダイに告げる。

「仕方がありません。付いてきてください」

ヒースが急ぎ足で屋敷に入る。ダイは慌《あわ》てて彼の後を追った。

屋敷の中に人の姿はなかった。そのためか、屋敷の内装がダイの目を引いた。

磨《みが》き抜かれた床、天井《てんじょう》には色彩《しきさい》豊かな絵画、窓から差《さ》し込む温かな陽光——廊下《ろうか》は明るさに満ちている。ダイの見知った娼館とは正反対だ。

さらに魔術文字が目を引いた。耐久性《たいきゅうせい》を上げる魔術だろうか。天井、柱、扉にいたる隅々《すみずみ》まで、執拗《しつよう》なほどに刻まれている。けれども装飾《そうしょく》を装《よそお》っているためか、とにかく美しい。じっくり鑑賞できないことが惜《お》しい。

ヒースを追いかけながら、ダイは声を張り上げた。

「すみません、マリアージュ様が、どうしたんですか？」

「見ればわかります」

ダイは追及を諦《あきら》めた。

辿り着いた階段をヒースは一気に駆け上がり、三階の突《つ》き当《あ》たりの部屋へと飛び込む。そこでダイは初めて人の姿を見た。お仕着せを着た使用人たちだ。男は明るい茶色の上着。女たちは濃紺《のうこん》の服を着ている。

奥の部屋へと続くらしい扉の前に屯《たむろ》する彼らのひとりが振り返った。ひとり黒の上着を着た彼は、ヒースを見るなり、ほっとした様子で喜色《きしょく》を浮《う》かべた。

「リヴォート様」

「退《ど》きなさい」

ヒースは足を止めない。集まる使用人たちをかき分け、続きの部屋へ踏《ふ》み込んで、そこでようやっと立ち止まった。

明るい部屋だった。入って右手の奥に露台《ろだい》へ続く大きな窓がある。玻璃《はり》の向こうに広がる空と城の眺望《ちょうぼう》は、高名な画家による一枚絵のようだ。

その中央に、ひとりの娘《むすめ》が拳《こぶし》を握《にぎ》って立っていた。

若い娘だ。中肉中背。身体《からだ》の線はまろやかで、ゆるく波打つ豊かな髪《かみ》は紅茶色。品のよい緑の衣装《いしょう》によって色の引き立つその髪は、山吹色《やまぶきいろ》の髪飾《かざ》りでまとめられている。猫《ねこ》めいた愛嬌《あいきょう》があり、その胡桃色《くるみいろ》の大きな双眸《そうぼう》をつり上げているからなおさら、毛を逆立てた猫のようだった。

ぽってりとした唇を引き結び、そばかすの散った頰《ほお》を紅潮させて、彼女は手近にあった本を鷲掴《わしづか》む。

そして、それをヒースに向かってぶん投げた。

「もう、うんざりなのよ！」

ダイはぎょっと後ずさった。隣のヒースは涼《すず》しい顔だ。足許《あしもと》に勢いよく追突《ついとつ》した書籍《しょせき》には目もくれない。

娘は娘で摑めるあらゆるものを立て続けに投げる。本、筆記具、その受け皿。綿の詰《つ》まった腰《こし》当てに、茶器の類まで。あわれ洒落《しゃれ》た陶器《とうき》は粉々だ。娘はひときわ大きな地団駄《じだんだ》で、その破片《はへん》をさらに踏《ふ》み抜《ぬ》き、ヒースを睨《にら》み据《す》えたまま叫んだ。

「毎日毎日、勉強勉強勉強！　いったいこれが、いつ役に立つっていうの⁉」

「女王となられたときに役立ちます、マリアージュ様」

ヒースの回答を聞き、ダイは娘を凝視《ぎょうし》した。

マリアージュ、と、ヒースは呼んだ。

つまりは、彼女こそ、女王候補マリアージュ・ミズウィーリ。

ダイがこれから仕えることになる主人なのだ。

マリアージュが顔をくしゃくしゃに歪《ゆが》める。

「あんた馬鹿《ばか》じゃない⁉ わたしが女王になれると、まだ思ってるわけ⁉ 昨日の晩餐会だって……あんた、聞いたでしょ！ 見てたでしょ！ みんな、アリシュエルが女王になるって思ってるわよ……。だいたい、わたしのことをだれも見向きもしないのよ。女王になんてなれるはずないじゃない！」

「なれます」

ヒースは即答《そくとう》した。

気勢を削《そ》がれた顔の娘へ、彼はさらに言葉を重ねる。

「なれます。ここにいる一同、皆、そう思っております」

抑揚《よくよう》がないからこそ、ヒースの言葉には迫力《はくりょく》がある。部屋に反響《はんきょう》する娘の声よりも。

「女王になれない。そのように思われるのは、あなたが御身《おんみ》に自信をお持ちでないからです、マリアージュ様」

「……そうね。……全部、わたしのせいね、ヒース」

マリアージュが嗤《わら》った。自虐的《じぎゃくてき》な笑《え》みだ。

「でも、当然じゃない。わたしはあの子たちみたいにキレイじゃない。やさしくもない。家柄《いえがら》だって、足許にも及《およ》ばないわ」

「女王候補に選ばれた以上、家柄は関係ございません。選出された時点で、皆、同列と見《み》做《な》されます」

「それと同じことを、昨日のみんなに言ってみなさいよ！」

「いつも公言しているはずですが？　いまさらですよ、マリアージュ様。わたしの風評をご存じでない？」

ヒースが口角を上げる。酷薄《こくはく》な微笑《びしょう》。隣に立つダイが冷気を感じるほどだ。

よろしいですか、と、ヒースは言った。

「あなたは女王となります。わたしが女王にいたします」

室内が静まり返る。

マリアージュがヒースから目を逸らした。その先にいたダイと彼女の視線がかち合う。

「……だれ？」

使用人たちの注目が一斉にダイの頭上へ降り注《そそ》ぐ。荷物を抱《かか》えたまま、ダイは返答に窮《きゅう》した。

「あ……と」

「紹介《しょうかい》いたします、マリアージュ様」

ヒースがダイの背を優《やさ》しく叩いた。その手がダイをマリアージュの方へ押し出す。

「ダイです。先日ご許可いただいた、新しく雇《やと》う化粧師です。ダイ、挨拶《あいさつ》を」

「はじめまして、ダイと申します。お目にかかれて光栄です、マリアージュ様……」

一礼したダイのつま先から頭までを、マリアージュの視線がさっと走る。

ダイが面《おもて》を上げると、マリアージュは顔を引《ひ》き攣《つ》らせていた。彼女はヒースを鋭く睨み、かつかつと踵を鳴らして、ダイたちとの距離《きょり》を一気に詰める。

「――こ、の、ヒース！」

マリアージュが怒鳴《どな》りながら、ヒースへ腕を振《ふ》りかぶった。

「こんな子どもを騙《だま》して連れて来るんじゃないわよ！　あんた、なに考えてんの！」

マリアージュの拳《こぶし》を宙《ちゅう》で受け止め、涼しい顔でヒースが答える。

「彼は十五です。子どもではありません」

「呆《とぼ》けたこと言わないで！　あんたがだまくらかして連れて来たことに変わりないでしょ！」

「何も騙しておりませんが」

「お得意の嘘《うそ》じゃない真実ってやつでしょ！　あんた本当は、わたしを女王にしたくないんじゃないの……!?」

「あ、あの、ちょっと待ってください」

ダイはヒースとマリアージュの会話に割って入った。

なんだか、嫌《いや》な予感がする。

「わたしは、あなたを女王にするお手伝いのために、呼ばれました。なのに、なんなんですか、女王にしたくないって……」

ダイはふたりを交互《こうご》に見ながら追及した。だまくらかす、と、マリアージュは言ったのだ。聞き捨てならない単語である。

口を開きかけたヒースに代わって、知らない女の声が答える。

「それに関してはわたくしから説明いたしましょう」

ダイは扉口を振り返った。使用人たちの中から初老の女が進み出る。濃紺のお仕着せを着ているが、雰囲気《ふんいき》が明らかにほかと違った。いわば管理者だろうか、威厳《いげん》を備えていた。肌《はだ》は白く、しわの刻まれた血の気の薄《うす》い顔は面長《おもなが》で、細い顎《あご》が神経質そうな印象を与《あた》える。灰色の髪はひと筋の乱れもなく、きっちりとまとめられていた。

「ローラ・ハンティンドン女史」

背後からヒースがダイに囁《ささや》く。

「ミズウィーリの侍女頭です」

「えっと……はじめまして、わたしは」

「挨拶《あいさつ》は結構です」

ローラはダイの自己紹介をぴしゃりと撥《は》ね除《の》けた。

「そう長い付き合いになるとは思えませんからね」

「……どういうことでしょう」

「あなたは貴人にとって化粧はどういうものか、お聞きになってはいないのですか？」

「聞きました」

むっとしながら、ダイは答えた。状況《じょうきょう》が不明瞭《ふめいりょう》なことに加え、はっきりとした答えを返すわけでもなく、ダイの不理解を嗤う侍女頭の態度に、ダイは苛立《いらだ》ち始めていた。

「化粧は貴族の方に必要とされないものだと」

「必要とされない」

ローラが強調するように復唱した。

「ずいぶんとやわらかな言い方をなさったのですね、リヴォート様」

「間違《まちが》ってはおりません」

「ものは正確に伝えるべきではありませんか。化粧をするのは……血筋の卑《いや》しいことの証明であると」

なに——なんだ、それは。

「……ええ？」

「あなたの仕事は、マリアージュ様を貶《おとし》めることに繋《つな》がるということです。悪いことは申しません。さぁ、すぐにここから立ち去りなさい」

「ハンティンドン女史」

侍女頭をヒースが強い語調で差し止める。

「あなたこそ、言い方というものを学ばれてはいかがですか？」

「リヴォート様、ここで伝えておけば、あなたもきちんとした説明を改めてなさるでしょう。怠《おこた》る、とは思っておりませんよ。お忘れにならないように、念のためです」

「お気遣《きづか》い、感謝いたします」

ヒースの皮肉ににこりとも返さず、ローラはマリアージュに向き直った。

「マリアージュ様」

ローラから呼ばわれて、棒立ちしていたマリアージュがはっと息を詰める。

「学習のお時間は終わりました。晩餐会の支度《したく》に移らねばなりません。お越《こ》しください」

「……いやよ、わたしは」

「わがままもここまでです」

ローラの声は厳しかった。

「《まぼろばの地》で、旦那様《だんなさま》がお嘆《なげ》きになりますよ」

マリアージュが唇《くちびる》を真横に引き結ぶ。

彼女はダイを横目に見て前を通り過ぎ、ローラに促《うなが》されるまま部屋を出て行った。

マリアージュの退室で使用人たちが解散し、ダイもヒースに連れられて別室へ移動する。マリアージュがいた部屋の真下だ。彼の執務室《しつむしつ》だというこの部屋は、先の部屋と同じ間取りだった。大きな窓から王城を間近に望むことができる。異なる点は内装で、調度品は茶系で統一され、主人が男であると感じさせるものばかりだった。

本館にこのような部屋を与えられる――それは特権であるはずだ。いまさらながら、この男の立場を疑問に思うが、その前にまず、明らかにするべきことがある。

執務の席に着いたヒースをダイは問《と》い詰《つ》めた。

「化粧が血筋の悪さの証《あかし》ってどういうことですか？」

「馬車の中で、わたしは説明しましたね。貴族は化粧を好まない。たしかな血筋なら、器量はよくあるべきとされる。よって、化粧は不要……それを悪く言えばそうなります」

ダイは呆《あき》れた。化粧を不要なものとされることと、忌避《きひ》するものとされることとでは、化粧師であるダイの立ち位置もまた変わってしまう。それこそ侍女頭の言う通りになる。

ヒースが椅子《いす》の背に重心を預けて口を開いた。

「あなたは、魔力《まりょく》と美醜《びしゅう》の関係について知っていますか？」

「えーっと、魔力が高ければ高いほど、きれいに生まれるっていうお話ですか？」

「ええ、そうです」

草も木も獣《けもの》も人も、この世のすべては魔《ま》によってかたちづくられる。魔の量は個々に差があって、身体《しんたい》の丈夫《じょうぶ》さや老化に大きく関わっていた。魔力が高ければ病《やまい》を得にくい。怪《け》我《が》の治癒《ちゆ》も早まる。

その魔力の高さを示す指針のひとつが造作の美しさだ。

「貴族は元々、高い魔力を有する血筋。魔術を駆使《くし》して権勢を誇った者たちの末裔《まつえい》です。いわく、正しい血統なら魔力は高くてしかるべきである。ならば、容姿も優《すぐ》れていて当然」

「それで、化粧で欠点を補うのなら、血筋が悪いなんて言うんですね」

「いまの時代、魔力の多寡《たか》など貴族と平民、いずれも大差はありません。たとえば……ダイ」

「はい」

ヒースに改まって名を呼ばれ、ダイは背を伸《の》ばした。

彼がダイの顔を真っ直ぐに見る。

「あなたの顔は整っていますね。ですが、そのことで、自身の魔力が高い、と、考えることはありますか？」

「いえ……病弱ではないな、とは思いますけれど。魔術も使えませんし」

かつてひとはすべて魔術師だったという。けれども現代で魔術を行使できる人間はごく一部だ。

ダイが魔というものを実感する機会は少ない。

ダイの感想に、でしょう、と、ヒースは言った。

「貴族も同じです。……化粧が忌《い》むべきものだとされるその意味を、正しく知るものはほぼいません。昔からの慣習を、なんとなく続けているだけ。かたちだけの古い考えです」

「それを、わたしに変えろと」

「そうです」

だから、ヒースはダイに技量がいると言ったのだ。化粧はするべきではない、そう考えている者たちを圧倒《あっとう》するだけの力が。

――女王に相応しい化粧を、マリアージュに。

それはつまり、固定観念を覆《くつがえ》しつつ、彼女に不足するものを補え、ということだ。

ダイは目眩《めまい》がした。引き受けた仕事の難易度が右肩上《みぎかた》がりである。

「……マリアージュ様に自信を付けさせるだけなら、化粧師でなくてもよかったんじゃないですか？」

「ええ、その通りです」

あっさりと認めるヒースに、ダイは唖然《あぜん》とした。マリアージュを美しい女王とするために、化粧師を探していたという話は何だったのか。

ダイの苛立ちを気取ったらしい。ヒースが苦笑《くしょう》する。

「マリアージュ様に欠けているものは美しさだけではありません。刺繍《ししゅう》、歌、楽器……何でもいい。どれかひとつでも自信を持たせられれば、不足を補うことができればと、わたしたちは化粧師以外にも職人を探しました。傍に置く職人すら持てていない、という点ですでに女王選において劣っている。皆が挙げた《職人》の候補にマリアージュ様は否を唱え続け……化粧師に対してだけ、首を縦に振った」

「どうして」

「いい加減、面倒《めんどう》だったからでしょう。わたしの小言がね」

「あー……」

ダイは思わず天井を仰《あお》いだ。この男とマリアージュの応酬《おうしゅう》を思い出す。ふたりの関係がようやっとわかってきた気がする。

「マリアージュ様の認めを得て、わたしは化粧師を探しました。そしてあなたを見つけた」

ヒースの蒼《あお》の双眸がダイを射《い》る。

「引き下がりますか？　……ハンティンドン女史が警告したように」

ダイは彼を見返した。

「警告？」

「彼女は害意あってあなたを拒《こば》んだわけではありません。ある意味、とても正しい」

ヒースは机上《きじょう》で手を組み、試《ため》す目でダイを見ている。ダイは呆れ目でヒースを見返した。

「……わたしをここまで引っ張っておきながら、いまさら覚悟《かくご》を試そうだなんて、卑怯《ひきょう》じゃないですか？」

「なんとでもどうぞ」

まったく、食えない男だ。

ダイは胸中で嘆息《たんそく》しながらヒースに尋《たず》ねた。

「わたしは、ここで働く。マリアージュ様のために。そこに、間違いはありませんか」

「あなたが選ぶなら」

この男は嘘を言わないが、多くの説明を欠いている。

最初から、胡散臭《うさんくさ》いとわかっていた。

それでも、この男の手を取ったのは、自分だ。

「わたしはもう選びました。任せてくださいって、言ったはずです」

「結構」

ヒースが不敵に笑った。

「なら、わたしはマリアージュ様の傍に在《あ》るかぎり、あなたの味方です」

そう告げた彼は、筆記具と木板に留《と》めた一枚の紙を、ダイへ差し出す。

「それでは改めて、こちらが契約書となります」

紙はやや黄みがかっているが、つるつるで、厚みがあった。野ばらをあしらった金印が捺《お》されている。

易《やさ》しく書き直した書面は事前に花街で渡《わた》されていた。そこに記されていた内容と、このたびの契約書の書面が相違《そうい》ないことを、ダイは苦心して確認する——契約書はかなり難解な言い回しで書かれていた。

時間が掛《か》かっていることを怪訝《けげん》に思ったのか。ヒースがダイに問いかける。

「失礼。文字は読めますか？」

「読めます」

「書けますか？」

「書けます。でも、……どちらも、そんなに得意じゃないです」

「読み書きの教師も付けましょう」

筆記具の先を走らせた書類を、ヒースが机の左端《ひだりはし》の箱へと放《ほう》り込む。右端《みぎはし》にも箱がある。左右の箱とも、書類が重ね置かれている。おそらく、利《き》き手《て》側らしい右が未処理。左側が処理済みだ。アスマも似たようなことをしていた。

ダイは契約書に署名し、筆記具と共に返却《へんきゃく》する。ヒースは契約書を検《あらた》めて、ダイの名の横に署名した。

にわかに疑問がダイの胸に湧き起こる。

「リヴォート様は……どういった立場の方なんですか？」

執務の部屋を持ち、決裁《けっさい》を任される男。

侍女頭からも敬称《けいしょう》で呼ばれる男。

そして、ミズウィーリ家との契約書に、受諾《じゅだく》の証《しるし》として、名を記せる男。

「そういえば、伝えていませんでしたね」

契約書の写しをダイへ差し出しながら、何てことのないようにヒースは告げた。

「ミズウィーリ家の、当主代行です」


――そんな役職を、ダイは耳にしたことがない。

いったい、何なのだ。当主代行とは。

「んー、なんて言えばいいのかしら」

ダイの疑問に対してどう説明したものかと侍女が唸《うな》った。

彼女は時間切れとなったヒースに代わってダイの案内についた。ミズウィーリ家に到着して早々、ヒースを呼びに姿を見せたあの若い女だ。快活そうな顔立ちに、ひょろりとした身体つき。くるくるした明るい茶の髪と榛色《はしばみいろ》の瞳《ひとみ》が印象的な彼女は、名をティティアンナと言って、マリアージュ付きの侍女のひとりらしい。

住居となる使用人棟《とう》へダイを案内しながら、ティティアンナは唇《くちびる》に人差し指を押《お》し当《あ》て説明した。

「名前の通りなのよね。マリアージュ様に代わって、ミズウィーリ家の執務の全責任を負っているの」

「リヴォート様は、マリアージュ様のご親戚《しんせき》ですか？　婚約者《こんやくしゃ》とか？」

「そのどちらでもないの。信じられないかもしれないけれど、出自は平民だし、それに、うちに来て、まだ二年なのよ」

「二年⁉」

彼が平民出身であることにも驚きだが、勤め始めてその短い年数で、ミズウィーリを背《せ》負《お》っているのか。信じられない。

ダイの驚きにティティアンナが苦笑を浮かべる。

「だから、いまも身分としては使用人のままなの。旦那様……マリアージュ様のお父様がお亡《な》くなりになるとき、リヴォート様を当主代行にするって、お決めになったのよね。わたしも詳しいことは知らなくって……ちゃんと説明できなくてごめんね？」

ダイは首を横に振った。たとえ彼女が知っていたとしても、新参者《しんざんもの》においそれと話せることではないだろう。

「ありがとうございます、ティティアンナさん」

「ティティって呼んで。呼び捨てでいいよ」

ティティアンナの気さくな笑顔《えがお》に、にぎやかな芸妓たちを思い出す。

ダイは肩《かた》の力を抜いた。

「えっと、じゃあ、ティティ、マリアージュ様の社交にお付き合いするのも、代行としてのお務めなんですか？」

マリアージュと晩餐会に赴く支度をしなければならないと、ダイはヒースの執務室から追い出されたのだ。

ダイの問いに、ティティアンナは頷いた。

「ええ、そう。旦那様も奥様《おくさま》ももうお亡くなりになっているし、ご親族とマリアージュ様は繋《つな》がりが薄くて……。女王選に関わる色んな交渉《こうしょう》は、リヴォート様が全部しているの。……ダイってば、ほんと、何も知らされずに来たのね。お気の毒さま」

「充分《じゅうぶん》に説明されているとは、思ってはいませんでしたが」

「怒《おこ》っている？　リヴォート様のこと」

「いえ……怒るのとは少し違いますね」

相手は貴族からの遣《つか》いである。問答無用で引っ立てられてもおかしくはなかった。ダイは先に労働条件を書面で知らされ、決定権まで委《ゆだ》ねられていたのだ。扱《あつか》いは悪くない。

ただし、この状況が面白《おもしろ》いか、と問われれば、否《いな》である。

「そのうち、だれかに背中を刺《さ》されていそうだなって思っただけです」

「ぷっ……ふふ、うん、そうね」

どうやら彼女の笑いどころを突《つ》いたらしい。ティティアンナが堪《こら》えきれない様子で口元を押さえた。

「にしても、使用人のまま、貴族と同じ扱いをされる、んですよね。……有事にはよくあることなんですか？」

「ないない。少なくとも、わたしが知るかぎりリヴォート様おひとりだわ」

「反発はなかったんですか？」

「あったわよ」

もっちろん、と、ティティアンナは強調した。

「お決めになった旦那様に、最初はうちでも外でも非難囂々《ひなんごうごう》だった。でもリヴォート様、めちゃくちゃ有能な人なの。頭はずば抜《ぬ》けていいし、夜会に出れば下手《へた》な貴族なんて足許にも及ばない上品さよ。女の人を中心に、たちまち信奉者《しんぽうしゃ》を作り出して、いまでもお嬢《じょう》様《さま》がたの噂を攫《さら》いっぱなし。リヴォート様が使用人だなんてこと、忘れているんじゃないかしら。……この家だって、リヴォート様なしには回らない。ダイも見たでしょ」

ティティアンナが声をひそめてダイに耳打ちする。

「マリアージュ様は、あぁ、だから……」

ダイはマリアージュを思《おも》い浮《う》かべた。勉学を厭《いと》い、広い部屋で物に当たり散らしていた彼女は、使用人たちにとって頼《たよ》りづらい主人なのだろう。

ティティアンナが説明を続ける。

「養子《ようし》に入れってお誘《さそ》いも絶えないはずよ。どうして旦那様が養子縁組《えんぐみ》しなかったのか、不思議なぐらいだわ」

「はぁ……なるほど」

「リヴォート様、人を見る目も確かなの。だから、ハンティンドンさんが何か言っていたけれど、自信を持って働いてね。歓迎《かんげい》するわ」

ティティアンナからぽんぽんと軽く背を叩かれる。

ダイは安堵《あんど》の息を吐いた。

（……よかった）

ヒースがダイを必要としていることはわかる。だがローラの態度を見るに、彼以外の使用人たちに受け入れられるか、半信半疑《はんしんはんぎ》なところがあったのだ。

「あ、ここの角、覚えてね。この先から、わたしたちの住居」

曲がり角を指してティティアンナが言った。少し歩くと、重厚な木扉があった。いまは開け放たれて、壁際《かべぎわ》に固定されている。

「鐘《かね》四つになったら、この扉は閉めることになっているの。だれかが必ず番をしているから、用事で出入りするときは、理由を話してそのひとに開けてもらってね」

「はい。鐘四つですね」

「あ、ダイは時間わかる?」

「大丈夫《だいじょうぶ》です。わかります」

魔術素養のある者は時を計れる。世界を循環《じゅんかん》する魔の粒子《りゅうし》から読み取るのだという。ただ昨今はそれができない者も多く、それぞれの街にある礼拝堂が半刻《はんこく》ごとに鐘を鳴らして時を知らせている。貴族街は王城の大聖堂の鐘だと、ティティアンナは説明した。

「時間がわからない人、多いですか?」

「そうね。特に最近の子どもに多いかなぁ。だからダイも……っと、十五、だっけ」

ごめんね、と、謝罪するティティアンナにダイは首を横に振った。子どもとして見られることにはダイも慣れている。ダイを子ども扱いしないヒースが希有《けう》なのだ。

「まかないをいっぱい食べるといいよ。あ、食堂は地下ね。お風呂《ふろ》もそこ。二階からが居室。一番上がリヴォート様やハンティンドンさん、管理職のひとたちの部屋」

ダイはその下の階だとティティアンナは言った。

階段を上り、廊下を歩く。扉が整然と並んでいる。

「さぁ、着いた。ここよ」

立ち止まったティティアンナが取り出した鍵《かぎ》を扉の鍵穴に差し込む。扉を開けた瞬間、埃《ほこり》が舞《ま》い上がった。

ダイが暮らしていた部屋よりやや手狭《てぜま》かもしれない。雨戸の隙間《すきま》から差し込む細い光が、部屋の暗闇《くらやみ》を切《き》り裂《さ》いている。

「長いこと使っていなかったから、しばらくは埃っぽそうねぇ。このまえ掃除《そうじ》して、空気も入《い》れ換《か》えていたはずだけど……」

ティティアンナはすたすた部屋へ入り、かんぬきを抜いて雨戸を上げた。次に現れた窓を彼女が開く。風が室外に向けて吹《ふ》き抜《ぬ》けていった。

風に吹かれた自身の髪が、ダイの頬をくすぐっていく。

明るさを取り戻した部屋にダイは足を踏み入れた。

さすがというべきか。造りのたしかな部屋だ。調度品も充分すぎるほど揃《そろ》っている。寝台《しんだい》に小卓《しょうたく》、姿見、書き物机、本棚《ほんだな》、椅子、衣装箪笥《だんす》。どれもがしっかりとした造りのものだ。室内が手狭に感じられたのも、調度品がきちんと揃っているからのようだ。

ふとダイは左手を見た。

そこには造り付けのちいさな戸棚《とだな》、そして、壁から突《つ》き出《で》た、鈍色《にびいろ》の蛇口《じゃぐち》。

「水道がある」

ダイは驚きに思わず声を上げた。

魔術によって水を汲《く》み上げる水道は、平民街では決まった場所にしか見られない。個人の、しかも使用人の部屋で目にすることは皆無《かいむ》だ。

「使えるんですか？」

「んー、実はお飾《かざ》り」

期待させて悪いけど、と、ティティアンナが苦笑する。

「術式の調整をしてくれる人がいないの。でも、排水溝《はいすいこう》は生きているから、汚《よご》れた水はここに流してね」

「わかりました」

蛇口の下には排水溝を薄い緑の石で塞いだ、すり鉢《ばち》状の受け皿がある。材質は白い石で、中心に向かって文様にも見える文字が渦巻《うずま》き状に刻まれていた。魔術文字だ。おそらく、濾過《ろか》の効果があるのだろう。花街の水道にもある。

「あぁ、たらいと水差しを持ってこなきゃいけないんだったわ」

水道のところまで戻《もど》ってきたティティアンナが言った。

「ちょっと取ってくるから、荷物を片付けていてね」

「はい」

「片付けが終わったら、服を着替えてもらうわね。丈《たけ》が合っているかも見るから。そしたら、挨拶回《あいさつまわ》りの前に食事にしましょう。今日は色々と忙《せわ》しなくて、申し訳ないんだけど」

「大丈夫です」

「よかった。ダイには早く慣れてもらわないとね。マリアージュ様の癇癪《かんしやく》に一緒《いつしよ》に耐えてもらわなきゃいけないし」

「……やっぱり、多いんですか。その、ああいうの」

「うん。毎日だから」

「まいにち」

「っていうか、気に入らないことがあると、日に何度もああなるの」

予想はしていたが、かなり多かった。

ダイは思わず黙《だま》り込んだ。

「ダイがお化粧をしてくれるんだよね。よかった。マリアージュ様、白粉を付けるの嫌《きら》いだから、ちょっとのことでもいつも大変だったの。担当してくれるの、本当に助かる」

「はぁ」

生返事で応じるダイの手を、ティティアンナがきゅっと握った。

「マリアージュ様を抑えられるのは、リヴォート様しかいないから大変なんだけど、これから一緒にがんばって、マリアージュ様のわがままを受け止めようね！」

にっこり笑った彼女は手を放して、水差しを取りに部屋を出て行く。

呆《ほう》けていたダイは、ティティアンナの軽い足音が遠ざかってから、ふらふらと窓辺まで歩み寄った。

小卓に荷を置いて、窓枠《まどわく》に手を掛ける。濃密《のうみつ》な草木の匂《にお》いが鼻先を掠《かす》める。棟の裏手は林らしい。

ダイはため息を吐いた。

先行きに、不安しかない。

花街から貴族街に移動しただけでもあらゆる面で異なるのに、肝心《かんじん》の化粧は忌避すべきものと見做される。ヒースは気安く声を掛けられる立場になく、侍女頭からは歓迎されておらず、主人となるマリアージュは侍女たちも手を焼く癇癪持ちであると来た。

けれども、なんとか生きるしかない。

ダイは自分の頬を叩いて窓辺から離《はな》れる。

「よし」

ところがである。

気合いを入れたのもつかの間、ダイは件《くだん》のマリアージュから、さっそく呼び出しを受けたのだった。

ティティアンナに連れられた先は館の上階にある居室だった。薄紅《うすべに》や淡《あわ》い黄色といった、やわらかく明るい色彩でまとめられた、一目で女性向きとわかる部屋だ。その中央に据えられた長椅子《ながいす》に、マリアージュがいた。彼女は背後に控える侍女から苦言を受けていた。

「マリアージュ様、このようなことをなさって、後で叱《しか》られてしまわれます……」

「叱られやしないわ。ローラの希望を叶《かな》えるだけでしょ」

「ダイを連れて参りました」

マリアージュの発言に被《かぶ》せてティティアンナが告げる。マリアージュは背後の侍女を手《て》振《ぶ》りで退《しりぞ》け、不機嫌《ふきげん》あらわな顔をダイに向けた。

「帰りなさい、あんた」

「……はい？」

マリアージュの発言にダイは首をかしげた。

マリアージュが苛々とした顔で叫ぶ。

「帰れって言ったの！　ここにいたってあんたの仕事はないわよ。帰りなさい！」

「帰れません」

ダイは即座《そくざ》に言い返した。マリアージュに呼ばれたと聞いて、予想した通りの用件だった。

「わたしは、ヒース・リヴォート様から申し出を受け、あなたの化粧師となる契約をしました。何もしていないのに帰れません」

「ヒースと契約しようが何しようが関係ないわよ！　わたしがあいつの主人よ！　あんたを雇うかどうかは、わたしが決めるわ！」

「わたしを雇う許可を、マリアージュ様からいただいているって、リヴォート様から聞いています。リヴォート様は勝手にわたしを雇ったんですか？」

「……それは……違うわ」

マリアージュが項垂《うなだ》れて頭《かぶり》を振る。

「確かに、わたしはヒースに言ったわよ。好きにすればって。でもまさか、本当に連れて来ると思わないでしょ。わたしを女王にするって、大口叩いているあいつが、化粧師だなんて……踊《おど》り子《こ》じゃないのよ、わたしは」

なるほど、と、ダイは思った。

ヒースが列挙《れっきょ》した職人の中で、化粧師に対してのみマリアージュが頷いた理由は、面倒になったから、だけではない。貴族が厭う化粧を生業《なりわい》にした職人を、女王候補には付けないだろうと考えていたからなのだ。

「あなたを女王にするために、わたしはここに呼ばれました」

「……あんたがどうやってわたしを女王にするっていうのよ」

「化粧ですよ」

「……話にならないわね」

マリアージュは額に手を当て、疲《つか》れた顔で深く息を吐いた。

「ローラだって言っていたでしょ。……ヒースからも聞かなかったわけ？　化粧をしたら、わたしの見目が悪いって主張しているようなものなの」

「聞きました」

「だったら！　どうやってあんたの化粧でわたしを女王にするのよ！」

「すみません。言い方をちょっと間違えました」

ダイは冷静に訂正《ていせい》を入れた。

「わたしはあなたを女王にすることはできません」

化粧ひとつでそこまで叶えられるはずがない。

それでも、化粧には力がある。

自分にはその力が揮《ふる》える。

「わたしにできることは、ただひとつ。あなたを、あなたが望むように美しくすること。それだけです」

マリアージュが女王になることを望むなら、ダイの化粧はマリアージュを女王らしく見せるものになるだろう。

マリアージュがそれを望まないのなら、ダイの化粧はただの化粧だ。

マリアージュが眉根《まゆね》を寄せる。

「なにそれ。化粧をすると美しくなる？　そんなはず、ないでしょ」

「ありますよ。大ありです。むしろどうしてきれいになれないって思うんですか？」

「だって……。白粉は粉っぽいだけだし、口紅は唇の皮がいつも剝《む》けるわ。やりたくないわよ、あんなもの。出かけるたびに付けさせられて、うんざりしているんだから」

「……うんざりしているのに、白粉と口紅はするんですね？」

「そ、それは……」

「男の人を避《よ》けるために、付けなければいけないのよ、ダイ」

言葉に詰まるマリアージュに代わり、ティティアンナがダイに耳打ちする。あぁ、と、ダイは納得に呻いた。口紅や白粉は不用意な接触《せっしょく》を試みた相手にその証拠《しょうこ》として残る。虫除《むしよ》け、というやつか。

ダイはマリアージュに歩み寄ると、傍の円卓《えんたく》に抱えていた化粧箱をよいしょと載《の》せた。花街では挨拶がてら、化粧の腕を披露《ひろう》しろと唐突に言われることもある。この呼び出しでも念のために持参していたのだ。

化粧箱を開け始めるダイをマリアージュが叱咤《しった》する。

「ちょっと、なに勝手に！」

「皮が剝けるのは、単に口紅が合っていないからだと思いますよ」

蓋《ふた》を脇《わき》に避《よ》けて、天板から筆を取り出し、箱の隣に置く。色板を引き抜いて、マリアージュの前に広げた。板の上に並ぶ鮮やかな色が、日の光の下にぱっと映《は》えた。

マリアージュが目を見開く。

「すごい数」

「雰囲気に合わせて、色を変えますからね。種類も色々あります……たぶん、これなら、いいんじゃないかな」

色板を卓《たく》の上に置いて、その中にあった、ばら色の口紅を指で取った。それを左手の甲《こう》に塗り伸ばして、マリアージュの前にかざす。

ダイの手の甲の色を見て、マリアージュが呟《つぶや》いた。

「……きらきらしているわね……」

「蜜蠟《みつろう》の比率が多いんです。色はよく付くし、しっとりして、つやが出ます。唇の荒《あ》れやすい子によく使っていましたが、皮が剝けたという話を聞かないので」

マリアージュは困惑《こんわく》した顔で、ダイの手の甲を見ている。

ダイは手をいったん引っ込めて、マリアージュに向き直った。

「マリアージュ様、一度、わたしの化粧を見てみませんか？」

「見るって……そんなことしてどうするの。口紅を塗って、白粉叩くだけでしょ」

「いいえ、違います」

その違いを、どう説明すればよいものか。ダイは思考を凝《こ》らした。

「……わたしは、毎日、何十人もの芸妓に化粧をしてきました。わたしたち化粧師は、演目によって芸妓に施す化粧を変えます。白粉と口紅だけでは終わらない。……それを、ずっと、してきたんです」

「……芸妓って……舞台で踊る、人のことよね……？」

顎《あご》に手を当ててマリアージュが独りごちる。しまった、と、ダイは歯噛みした。ヒースはダイの素性《すじょう》を隠しているはずだ。それなのに正直に話していた。

幸いにして、マリアージュはダイの素性を正しくは理解していない。芸妓も客の要望によっては踊ることもあるので、マリアージュの解釈《かいしゃく》も間違いではなく、そうです、と、ダイは彼女へ控えめに肯定を告げた。

「わたしの化粧を見たリヴォート様は、侍女の方々がするものと、全然ちがうって言っていました。だからだれか、侍女の方のお顔に、化粧をさせてください。それで、する前としたあと、どれだけ違うか見ていただきたいんです」

化粧を見せることでマリアージュから興味だけでも引き出したい。ヒースが言うような価値観を覆すようなことは難しくとも、化粧が有用なものだと思わせたい。

マリアージュは卓上《たくじょう》の色板をしばらく睨んでいた。

「いいわ……見てあげる」

長い黙考《もっこう》を経て、彼女の目がダイを射た。

「でも、するのは侍女にじゃない。わたしにするのよ」

「マリアージュ様⁉」

マリアージュの傍《かたわ》らから追いやられていた侍女が悲鳴じみた声を上げた。

「な、何をおっしゃるんですか！　見るだけなら明日にでも……ご自身にだなんて！　これから晩餐会があるんですよ⁉」

「だから、ちょうどいいんじゃないの。侍女の化粧を見る時間を作るなんて面倒だわ。これから口紅と白粉はしなきゃなんないのよ。この子に任せればいいじゃない。それで変になるんだったら、追い出せばいいわ。それならヒースだって何も言わないでしょうよ」

取りすがる侍女を押しやって、マリアージュが気怠《けだる》げにダイを見る。

「あんた、ダイとかいったわね」

「はい、マリアージュ様」

「見せてちょうだい。あのヒースが、わたしに推《お》す、化粧とやらをね」

見せるのみに終わらず、マリアージュ自身に化粧を施せるのなら、なおさら好機だ。

ダイは表情を引《ひ》き締《し》めて頭を下げた。

「かしこまりました」

　晩餐会まで時間がない。慌ただしく準備が始まった。湯と手拭《てぬぐ》いの手配を侍女に依頼《いらい》し、ダイは卓の上に化粧道具を広げる。

　綿布、海綿《かいめん》、化粧筆。化粧水、乳液、下地用の液の入った小瓶《こびん》が数種。練粉《ねりこ》、白粉、色板。卓の上を次々と占拠《せんきょ》する品々に、マリアージュが目を見開く。

「……これ、全部、化粧に使うの？」

「そうですね。全部をひとりに使うことはないですけれど……」

「そうなの？」

「もちろんです。その人のなりたい雰囲気に合わせて、色々と使い分けるんですが……。ちなみに、貴族の方のきれいの基準って何ですか？」

「は？　基準？」

「はい。流行でもいいんですが。目が大きく見えるのが好まれる、とか」

　貴族の好みがわかれば化粧をしやすくなる。

　マリアージュの回答は端的《たんてき》だった。

「アリシュエル」

「……アリシュエル……？」

「ガートルード家の女王候補のことよ。だれもが褒《ほ》める女王候補の筆頭。ホイスルウィズムのクリステルも、美しいって褒められることが多いけれど、アリシュエルは別格だわ。

わたしたちの中でも抜き出てる。次の女王はあの子で確実でしょうね」

思い返せば、初対面のときにも、マリアージュはヒースに叫んでいた。アリシュエル・ガートルード。マリアージュと違って、だれもが注目する女王候補。

「基準っていうなら、あの子がそうなんじゃない？」

「……そんなにきれいなんですか？」

「……背がすらっと高くて、目許《めもと》は涼しげで。鼻筋だってすっと通って、唇も薄くて形がいいの。肌も真っ白で、そばかすひとつない」

全体的に丸っこいマリアージュとは対照的である。

それにしても、と、ダイはマリアージュに感心した。アリシュエルをよく観察していなければ、このようにすらすらと説明できないはずだ。

「マリアージュ様は、アリシュエル様のようになりたいんですか？」

「まさか！　冗談《じょうだん》はやめてちょうだい！」

マリアージュが怒《いか》りの形相《ぎょうそう》でダイをきっと睨《にら》む。

「あそこまで完璧《かんぺき》だと寒くなるのよ。人形みたいなの。あんなふうには、絶対になりたくない」

「あっ、すみませんでした！」

「……でも、いいわよね。あの子は美人で」

マリアージュは卑屈《ひくつ》に嗤《わら》った。

「わたしなんか、唇が厚くて、口紅を塗ると、血でも吐いたみたいに見えるし、顔は丸っこくて、子どもっぽく見えて……。そばかすも、肌が汚《きたな》く見えるったらないわ……。どうして、わたしにはあるのかしら。皆には、ないのに」

それらは、だれかから言われてきたことなのだろう。

(そうじゃなきゃ、こんなふうにたくさん、嫌なところを挙げられない)

「大丈夫です、マリアージュ様」

円卓の上に整列する化粧道具を見つめながらダイは告げた。

「マリアージュ様が気にされている部分はぜんぶ、化粧で補えます」

だから、大丈夫。

「見ていてください」

マリアージュと会話する間に、湯、たらい、手拭いを含め、道具はすべて揃った。

花街を出て早々に、新しい職場から追い出されるわけにはいかない。

マリアージュを美しく変えなければならない。

ダイはマリアージュを振り返って尋ねた。

「準備が整いました。マリアージュ様はよろしいですか？」

「……いいわ」

マリアージュが頷き、ダイは力強く宣言する。

「始めます」

ダイは粉除《こなよ》けの布をばさりと広げた。

「何をするの？」

「粉除けです。衣装を汚したらいけないので」

「……この布、すごく大きいけれど、そんなに飛び散るぐらい、粉を叩くの？」

「そんなに叩きませんけど、念のためです」

なにせ彼女はすでに華やかに盛装《せいそう》しているし、髪も装飾を凝らした髪飾りでまとめられている。衣装を汚したり、髪形を崩したりしないように、細心《さいしん》の注意が必要だ。

身構えるマリアージュに手を伸ばし、彼女の耳に掛かる髪を、ダイは慎重《しんちょう》に髪留めで固定した。現れた顔の輪郭《りんかく》はやわらかな弧《こ》を描《えが》いて愛らしいものだ。だがこの曲線が子どもっぽく、不快に感じられるならば、あとで少々影《かげ》を付ける必要もあるだろう。

仕上がりを構想しながら、マリアージュの肌を観察しつつ、ダイは素早く手を清めた。

まずは保湿《ほしつ》だ。ダイは綿布に化粧水を垂らした。

見慣れないのか、マリアージュが胡乱《うろん》な目を向ける。

「それ、なんなの？　白粉じゃないわよね」

「ばら水ですよ。付けますね」

「つ、付けるってどこに？」

「もちろん、マリアージュ様のお顔にです」

「えっ、ちょっとまっ、つめたっ」

ダイはマリアージュの後頭部を左手で支え、化粧水の滲《し》みた綿布を彼女の顔に滑らせた。手で塗布してもかまわないが、綿布を使うほうが水分が肌へ均等《きんとう》に行き渡る。

化粧水が終わったら植物油だ。水分を肌に留《とど》める役割がある。ダイは果実の種から抽《ちゅう》出《しゅつ》した、さらっとした質感のものを使っている。

手についた油を拭《ぬぐ》って、ダイは化粧の下地に移った。

感触《かんしょく》としては乳液に近いが、保湿目的のものより少し粘度《ねんど》があって、練粉を肌に密着させる。手の甲に一滴《いってき》垂らし、量とねばりの具合を見て、マリアージュの頬に伸ばす。

マリアージュの顔は引き攣っている。

「マリアージュ様？　大丈夫ですか？」

「……終わった？」

「いいえ。まだ始まったばかりですよ」

これから練粉に移る。マリアージュたちがよく知る白粉はそのあとだ。

練粉は乳液状のものと、粉を混ぜて固めたものがある。白粉と違って彩色《さいしょく》されており、肌色《はだいろ》を見目よく補正したり、彩ったりする。

ダイは色板を広げ、海綿で明るい黄色をすくい取った。

とたんにマリアージュが目を剝いた。

「ちょっと待って……それを顔に付けるの⁉　真っ黄色よ⁉」

「肌に付けたら色はほとんど目立ちませんよ。別の色を上に重ねて馴染《なじ》ませますし。そばかすを消すのに必要なんです」

そばかすの茶は上に黄色を重ねると輪郭がぼやける。その上に肌色を重ねれば、消えたように見えるのだ。

見目は派手だが、いざ肌の上にのせれば、ほぼ違和感《いわかん》はない。芸妓の目周りの痣《あざ》を消すため、ヒースの前で使った黄色よりも、かなり柔《やわ》らかい色合いのものだ。

「ま、まって！　待ちなさい！」

海綿を持つダイの手を摑んでマリアージュが叫ぶ。

「やっぱりあんた、わたしに変なことをしようとしているんじゃないの⁉　そんな色を、顔に付けて、きれいになれるはずないじゃない！　さっきだってべたべたと……」

「べたべた……。あれは、下準備です。マリアージュ様の肌をしっとりさせておかないと、粉物が肌にのらないんですよ」

「……やっぱり、やめるわ」

マリアージュが泣きそうな顔で、黄色に染まった海綿を睨む。

「あんたの言っていること、さっぱりわからない。あんたを使ってみようなんていう、わたしが馬鹿だった。……どうせあんたは、ヒースの嫌がらせでしょ。頭が駄目《だめ》だから、外見ぐらいはどうにかしろっていう、ただ、それだけの意味なんでしょう？」

「そんなことはありません」

「そんなことあるわよ！　それとも何？　やっぱりわたしには女王になって欲《ほ》しくないっていう、そういうこと？　そうよね。本当にわたしを女王にしたいなら、あんたみたいな得体の知れないことをしようとするのを、連れて来るはずないものね……！」

「違います、マリアージュ様」

興奮状態に陥《おちい》ったマリアージュをダイは慌てて宥《なだ》めに掛かった。

「わたしは、あなたをきれいにするために……」

「きれいになんてなれない！　なれるはずがない！」

粉除けの布をむしり取り、マリアージュが反論する。

「くすんだ赤毛、炭が散ったみたいに汚らしいそばかす、赤くてとにかく目立つ口、どこをどうすればきれいになれるっていうわけ？　わかってるわよ！　わたしが皆に劣《おと》っていることなんて――だれよりもわたしがわかっているわ！」

マリアージュが踵《かかと》を踏み鳴らして叫んだ。

その嘆きにダイは胸が苦しくなる。

先ほども思った。

マリアージュはずっとだれかに嗤われてきたのだ。

マリアージュは悔しげに下唇を噛んで項垂《うなだ》れている。ダイは彼女にそっと声を掛けた。

「マリアージュ様……。座《すわ》りましょう。いえ、違いました。座ってもらえませんか。それに、手を放して……。手を痛めます」

衣装もしわになる。これから晩餐服を着付け直す暇《ひま》はないだろう。

マリアージュが椅子に腰を落とす。ダイはほっとして、彼女の前に片膝《かたひざ》を突いた。

(……失敗したな)

むしろ恥《はじ》だった。ここにいられなくなるかもと、気が急《せ》いていた。未知の化粧の方法を詳しい説明もなく試されては、怖《こわ》がって当然だったのに、マリアージュを慮《おもんぱか》ることを失念していた。

「すみませんでした、マリアージュ様。さっきの方法はもうしません。でも……化粧は続けていいですか?」

ダイの問いにマリアージュは答えない。

ダイは円卓から白い小瓶を取り上げた。使用したばかりの化粧水が入っている。

「ばら水です……。先ほど、マリアージュ様の肌に付けたものですね。肌を、しっとりさせて……えぇっと、そうすると、後々の化粧が崩れにくくなります」

　ダイは瓶をマリアージュの前で軽く振った。

「それから、こっちは桜桃《おうとう》の実の種からとれた油です。肌をやわらかくして、次に塗る下地の付きをよくしてくれる……。つまり、全部ちゃんと、化粧の下準備です」

　動転した芸妓を宥めるときのように、ダイは努めてやさしい声でマリアージュに述べた。

「わからなければ、説明します。これから、何をするのかも。わたしは、マリアージュ様を思って化粧をします。マリアージュ様が嫌だって思ったことはいたしません」

　目許や口元の色ひとつにしても、マリアージュ自身が違和感を覚えるなら、肌にのせずに終えてもいい。他人の目から見ていかに似合っていても、当人が納得しないのであれば化粧は失敗だ。違和感が自身の表情を翳《かげ》らせる。

「ならあんたは」

　ダイの訴えにマリアージュが口を開いた。

「わたしがやっぱり触《さわ》らないでって言ったら、やめるの？」

「それは……それでも、いいですよ。侍女の方のお顔を貸していただければ」

「それもなし。……話を聞いたところでわからない。そもそもヒースが連れて来た子を、うちに置くなんてやっぱりいや。わたしがそう言ったら、あんたは引き下がるわけ？」

「できません」

　ダイは首を横に振った。

「何もしないまま、自分から退《ひ》くことはできません。それに……わたしは、マリアージュ様に化粧をしたい」

「わたしが女王候補だから？」

「それは別にどうでもいいです」

失敬だとも思うが、マリアージュが女王候補であっても、商人の娘であっても、はたまたダイの慣れ親しんだ芸妓であっても、ダイにとって大して差はない。

瞬くマリアージュにダイは言い募《つの》った。

「わたしがいま、引き下がりたくないのは、マリアージュ様をきれいにすると、一度、引き受けたからです。マリアージュ様がきれいになりたいって言っているのに、何もできないのは、自分で自分が許せないからです。だってわたしは、リヴォート様が連れてきた、あなたの化粧師。あなたを美しくするために呼ばれた職人なんです。それができずに、どうして化粧師を名乗れますか」

マリアージュがダイを懐疑《かいぎ》の目で見る。

ダイはマリアージュに懇願《こんがん》した。

「化粧をさせてください、マリアージュ様。わたしが必ず、あなたを美しくしてみせます」

マリアージュは黙《もく》した。

長い長い、沈黙《ちんもく》だった。

「どうぞ、マリアージュ様」

ティティアンナがダイの横から水を差し出す。

マリアージュは高杯《こうはい》を鷲摑《わしづか》みし、中身をひと呷《あお》りして、盆《ぼん》の上にそれを叩きつけた。

黄色に染まったままの海綿を指して彼女は呻く。

「続きをして」

「……えっ……？」

あまりに長く待って、半《なか》ば諦めかけていたダイは反応が遅れた。

マリアージュが目尻をつり上げる。

「早くなさいよ！　時間ないわよ！」

「は、はいっ！」

ダイは慌てて立ち上がり、椅子の上に放り投げられていた、粉除けの布を取り上げた。

それをマリアージュの胸から膝上《ひざうえ》にかけて広げなおす。彼女の前髪《まえがみ》を邪魔《じゃま》にならない位置で改めて留め、手を素早く清めて陶製《とうせい》の器《うつわ》を摑んだ。

（今度こそ）

マリアージュのことを想《おも》って化粧をする。

ダイは器の中身をへらで削《けず》った。

マリアージュがダイの手元を訝《いぶか》しげに見る。

「……あの黄色を付けるんじゃないの？」

「付けていいなら。でもその前に、唇をどうにかしましょう。強く噛んでいたから、痕《あと》が残っています……。このままだと、切れますからね」

器の中身は蜜蠟だ。小さなへらの先で削り出したそれを紅筆にとる。

いきます、と、告げて、ダイはマリアージュの顎を左手で固定した。その上に利き手を載せて、持っていた紅筆でマリアージュの唇をなぞる。

「なにこれ、口紅？」

「蜜蠟です。唇の皮剝けを防いで、色もよく見せてくれます。……どうぞ」

ダイが見せた手鏡をマリアージュが覗《のぞ》き込む。悪くはないわね、と、呟いた彼女に苦笑し、ダイは次の工程に移った。小さな櫛《くし》で、眉《まゆ》の流れを整える。

「眉を梳《す》く櫛があるの？」

「そうです。……こうするだけでも、印象が変わります」

今回は控えるが、眉毛《まゆげ》にはさみを入れて長さを揃えることもある。肌や毛の状態をきちんと整えておくことは、化粧を美しく仕上げ、かつ、長持ちさせるこつだ。

マリアージュから化粧への抵抗《ていこう》が薄れたことを感じ取って、ダイは櫛を筆入れに収めた。

「次は、さっきの続きです」

放置されていた海綿を取り上げて、汚れていない面に黄色の練粉を付ける。

その明るい色にマリアージュの顔が再び強張《こわば》った。

「本当に大丈夫なんでしょうね……」

「嫌ならやめますけど」

「……二度は言わないわ。それよりも鏡！　鏡を寄越《よこ》しなさい！」

マリアージュがダイから鏡を奪《うば》い、鏡面の自分の顔を睨み据える。ダイは彼女の右側に立って、共に鏡を覗き込みながら、そばかすの散る頰の高い部位に海綿を一気に滑《すべ》らせた。

マリアージュの頰が一息に黄色に染まった。

「……すっごく黄色いわよ」

「大丈夫ですよ。見ててください」

ダイは肌色に染められた練粉を用意した。マリアージュの肌色に合わせて、うんと明るめのものを。こちらも海綿で、顔の外側に向かって、頰から伸ばしていく。

マリアージュが驚きの声を上げた。

「黄色くなくなったわ」

「でしょう？」

「そばかすが、薄くなった」

「もうすこし、目立たなくしていきましょう」

ダイは色板を引き寄せた。先ほどより一段暗い色の練粉を、筆先の硬い細筆ですくい取って、マリアージュの最も目立つそばかすに、覆《おお》い隠《かく》すように塗り付ける。

練粉を塗った際《きわ》を小指で叩くようにして周囲に馴染ませると、そばかすはないに等しいものになっていた。

「……ぜんぜん、めだたない」

「マリアージュ様、鏡を少し顔から離してください」

手鏡が近すぎて化粧の邪魔だ。マリアージュが従うまで待って、練粉を付けた指先で唇の縁を叩く。

「……何しているの？」

「唇の輪郭をぼかしていました。……これでいいです。白粉を筆で付けます」

繰り返し篩《ふるい》にかけた粒子の細かな無着色の白粉だ。それを赤子の握《にぎ》り拳《こぶし》ほどもある大きさの筆で、マリアージュの肌にたっぷりと付ける。続けて、粉を含ませていない別の大筆でひと刷《は》け。余分な粉を払《はら》い落《お》とすと、彼女の肌のきめ細かさと白さが際立《きわだ》った。

ほう、と、息が漏《も》れた。侍女たちからだ。

明らかな感嘆の吐息《といき》に、マリアージュの頬が紅潮した。

ダイは色板を再び手に取る。

「次は目周りですね。瞼《まぶた》に色を付けます」

「色？　瞼にまで？」

「そうです。華やかになって、楽しくなりますよ」

濃い化粧は好まれなくても、目許に少しばかり色を足す程度なら、遊び心を取り入れた、という体《てい》が成り立つはずだ。

ダイは彩りの色に紫《むらさき》を選んだ。濃淡《のうたん》の異なるすみれ色を二色と濃い赤紫《あかむらさき》の、計三色。子どもっぽく見える顔立ちに、マリアージュは劣等感《れっとうかん》を抱《いだ》いているようだったからだ。紫は上手く使えば上品さと老練さを演出する。

ダイはへらに付いた蜜蠟の残りを指で拭いながらマリアージュに指示した。

「目を閉じていてください」

「目を閉じたら、鏡が見えないじゃない」

「上瞼に色を付けるので、目を閉じて欲しいんですよ」

マリアージュがしぶしぶといった顔で従う。ほっとしながら、ダイは説明を続けた。

「えぇっと……これから、乾燥《かんそう》を防ぐために、上瞼に蜜蠟を薄く塗って、そのあと、色を筆で付けますから……。初めはくすぐったいと思うんですが、我慢《がまん》できなかったら、言ってください。筆を替えます」

「くすぐったいの？」

「はい。ちょっと。それから、目玉がごろごろしても、教えてください」

「めだま？　ごろごろ？」

「あー、睫毛が目の中に入ったときみたいな感じです」

「……わかったわ」

不可解《ふかかい》そうな顔でマリアージュが承諾《しょうだく》する。

その閉じられた瞼に触《ふ》れ、ダイは薬指で丁寧《ていねい》に、薄く蜜蠟を塗り込んだ。

次は彩色。マリアージュの上瞼の目尻《めじり》を、まずは淡い紫で楕円形《だえんけい》に塗り、目の際《きわ》に向かうにつれて、濃くなっていくように色を重ねる。色と色の境目は平筆でぼかした。色の幅《はば》は瞬いたときに微かに色が覗く程度に抑える。

（よし）

派手にならない塗り幅だと満足して、ダイは細筆を筆入れから引き抜いた。筆先に赤茶の色を含ませる。マリアージュの毛色に近い色だ。量を調節し、上瞼の目の際を一気になぞった。

ひっ、と、マリアージュが喉《のど》の奥を引き攣らせる。

だが、ここはかまっていられない。手早くすませたほうがいいからだ。

「目を開けて、視線を上に向けてください」

「視線を、うえ？」

「こう、顔を前に向けたまま、目だけで天井を見て……。下瞼をなぞります。目線、動かさないでください」

動くと筆先が見えて怖いはずだ。だから天井に視線を向ける必要がある。ダイは彼女の目周りを素早《すばや》く縁取《ふちど》った。マリアージュの目の形の美しさが強調される。

「もういいですよ」

「いったい何したの……目が乾《かわ》いたじゃないの！」

「こすらないでくださいね。色、落ちてしまいます」

目許に触れようとするマリアージュを制し、ダイは不要になった練粉や白粉の類をてきぱき片付けた。

次は、と、ダイは視線をマリアージュの顔の上に滑らせた。

(眉、は、大丈夫。あとは、唇と頬紅《ほおべに》、それから骨格)

「ねぇ」

マリアージュが手鏡を覗き込みながら声を掛けてきた。

「絵を描くみたいに、化粧するのね」

「え？　えぇ……そうですね」

他の化粧師たちにも言われてきた。

お前は――絵を描くように、女たちを彩るのだね。

「父が、画家だったので」

ダイの化粧は絵画の基礎《きそ》を応用している。色の扱い方など、通じる部分が多いからだ。

マリアージュは、ふぅん、と、気のない返事をした。

「――失礼します。次は、口紅を」

ダイはマリアージュの顎に、断りを入れながら触れた。

マリアージュは唇に厚みがあるため、塗った紅《べに》が目立つことを気にしている。唇の輪郭はすでに練粉で消してあるから、淡い紅を選んでも充分に色づいて見える。瞼の紫との兼《か》ね合《あ》いを考えて、落ち着いた色ながら、光沢感《こうたくかん》のある口紅にした。最初にマリアージュに見せた口紅の色違いだ。マリアージュの肌色を引き立てると同時に、ぐっと明るく可憐《かれん》な印象に仕上がる。

「マリアージュ様、笑ってください」

「は？　笑う？」

「そうです。にこっとしてください。頬紅を入れます」

太い筆を色板に押しつけながら、ダイはマリアージュに告げた。ほおべに、と、マリアージュが鸚鵡返《おうむがえ》しに呟く。

「血色感を出すために、色を入れるんです。一緒に、骨格も補正します」

「はぁ？」

「まぁ、見たらわかると思います」

「……そう。でも、急に笑えって言われたってできないわよ」

「じゃあ、にー、と、唇を、左右に引き結んでください」

「……にー……？」

「お上手《じょうず》ですよ」

頬の高い位置に頬紅を鋭角《えいかく》に入れていく。湯上がりの血色感を目指して、色の濃さ、範囲《はんい》にも細心の注意を払《はら》った。最後に筆を耳の真横から顎にかけて滑らせて顔の側面に影を付ける――こうすれば、顔の丸みが緩和《かんわ》されて見えるのだ。

ダイは仕上げに取りかかった。親指の太さの筆に白い色粉を含ませる。

マリアージュがダイの手元を覗き込んだ。化粧に慣れたのか、興味が出てきたようだ。

「真っ白な粉？」

「はい。肌を明るく見せたり、顔立ちをはっきりさせたりするために付ける色です。たとえば、鼻筋や、目許ですね……。さっそく入れます。さっきと同じように、視線だけ天井に向けてください」

「天井って、こう？」

二度目ともなればマリアージュの動きも滑《なめ》らかなものだった。ダイの指示通りに視線の先を移す。

ダイは微笑んで、筆を動かした。まずは、下瞼。そばかすをさらに目立たなくさせるためにも、左右ともに、しっかりと白を入れる。

「視線、戻してくださっていいですよ。次は鼻筋に入れます」

筆に付け足した白の色粉を鼻筋にさっとひと刷け。続けて、筆を毛が硬めのものに替えて、色板から今度は淡い茶色を選んだ。

マリアージュが眉をひそめる。

「今度はなに？」

「影を付けます」

「影？」

「鼻の横に。目を閉じてください」

マリアージュは怪訝そうにしつつも、ダイの指示に素直《すなお》に従い瞑目《めいもく》する。ダイは筆先を彼女の肌に触れさせた。そっと、丁寧に。滑らかな肌は粉がのりやすく、発色もいい。蠟《ろう》燭《そく》のものとは異なった陽光の色も考慮《こうりょ》に入れて、当人の「望む顔」を描き入れていく。

マリアージュの持つ美しさが掘《ほ》り起《お》こされる。

（これで最後）

ダイは最も大きな筆で余分な粉を落とした。瞼、唇、頬と、彼女に与えた色が、彼女の肌に溶《と》け込んでいるかを吟味《ぎんみ》する。

（だいじょうぶ）

ダイは自身の襟元《えりもと》を握りしめて頷いた。

初めて日の光の下で化粧をした。それでもきちんと美しくできた——はずだ。

マリアージュは黙《だま》っていた。ダイは彼女に宣言する。

「終わりました」

マリアージュは動かなかった。長い間、手鏡を覗き込んでいた。

（……だめかな）

高貴な女性の美意識の差ばかりはどうしようもない。化粧の良《よ》し悪《あ》しはされた当人が気に入るかで決定する。いくらダイが満足しても仕方がないのだ。

長い沈黙を破ったのは、だだだ、という駆《か》け寄《よ》る足音だった。

ティティアンナがどこからか抱えてきた等身大の姿見を長椅子の前に勢いよく据える。

彼女は鼻息荒《あら》くマリアージュに言った。

「どうぞ、お立ちください！」

マリアージュが椅子からのろのろと腰を上げる。ダイは慌てて彼女から粉除けを外した。

細かなひだの美しい晩餐会用の衣装が衣擦《きぬず》れの音を立てる。

姿見を食い入るように見つめるマリアージュを、ダイは一歩退いた位置から眺《なが》めた。

今回の化粧は、マリアージュが劣等感を抱く要因の数々を潰《つぶ》しつつ、彼女が生来《せいらい》持つ美点を、強調することに注力した。そばかすを念入りに消して、練粉の種類を注意深く選び、彼女の肌のきめ細かさや色つやの良さを目立たせた。

化粧の重点として定めたのは目許だ。マリアージュは二重のきれいな扁桃形《へんとうがた》の大きな目をしていて、そこに色を置けば一気に華やかになる。選んだ紫色は彼女の衣装の撫子色《なでしこいろ》ともよく調和していた。

目周りを除いた箇所は、彩色したとひと目ではわからないように、発色の度合いを調整している。特に肌は素肌らしさを心がけた。

ただ、光、だけは意識した。

常にマリアージュが頭上から光に照らされている。そんな印象を与えるように。

マリアージュが己《おのれ》の頬に手を滑らせて呟く。

「……別人ね」

「……そうですか?」

「ええ。別人よ。だって」

そばかすもない。顔立ちも変わった気がする。目が大きく、力強く見えて、なのに、上気して見える顔は、自然に笑っているようで。

ぶつぶつ、と、マリアージュが感想を零《こぼ》す。

「マリアージュ様!」

ティティアンナの呼びかけに、マリアージュがぱっと面を上げた。

目許から覗く紫の輝《かがや》きは、彼女の胡桃色の双眸に宿る、意志の強い光を強調する。彼女の白い肌は深部から光《ひか》り輝《かがや》き、さらには紅茶色の髪の赤みが増して見え、彼女の内包する力強さを感じさせる。

ティティアンナが頬を紅潮させて告げた。

「とても——とても、すてきだと思います！」

「……っつ、ダイ！」

「は、はいっ！」

くるりと振り返ったマリアージュに肩を掴まれ、ダイは反射的に返事して背筋を伸ばした。

「わたしは晩餐会へ行くわ」

「えっ、あ、はい」

「あんたはわたしが帰ってくるまで待っていなさい。……わたしが、《職人》を手に入れたって、無事に喧伝《けんでん》し終えるのをね」

「……それって……」

つまりは、マリアージュが認めたということだ。

ダイを傍に置くことを。

ダイがマリアージュの化粧師となることを。

そのあからさまな安堵が顔に出たのか、マリアージュがダイに釘《くぎ》を刺す。

「言っとくけど、だれからも何も言われなかったら、あんたのこと叩き出すわよ。いいわね？」

ダイは唾《つば》を嚥下《えんか》し、大きく頷いた。

「――はい」

けれどもそれは杞憂《きゆう》だろう。

ダイに凄《すご》みながらも、うれしそうに笑うマリアージュは、だれの目をも惹き付けてやまぬほど、魅力的《みりょくてき》に見えたのだ。

第三章

ぱんぱん、と、小気味《こぎみ》よく手を打つ音が、使用人の控《ひか》え室《しつ》に響《ひび》いた。

早朝の部屋に漂《ただよ》う気怠《けだる》い空気が一瞬《いっしゅん》にして霧散《むさん》する。

侍女頭《じじょがしら》、ローラ・ハンティンドンは、打ち鳴らした手を胸の前で組むと、集合した人々を見渡《みわた》して言った。

「リヴォート様からのお話にもございました。本日より、マリアージュ様のために、化粧師《けしょうし》の方を招くこととなりました。……自己紹介《しょうかい》と、挨拶《あいさつ》を」

「え？　ええっと、はい」

ダイはローラに促《うなが》されて一歩前へ進み出た。集まった視線にたじろぎながら、ぺこりと一礼する。

「ダイです。よろしくお願いいたします」

返ってきた拍手《はくしゅ》はまばらだった。長文の挨拶を考えておくべきだったとダイは後悔《こうかい》した。

ダイが面《おもて》を上げたところでローラが話を再開する。

「では、ここに集まった人員を紹介いたします。……あちらから、執事長《しつじちょう》のキリム」

ローラが指で示した先で、老紳士《ろうしんし》が丁寧《ていねい》に会釈《えしゃく》した。

「厨房長《ちゅうぼうちょう》のグレイン」

小太りの男がダイと目を合わせて軽く笑《え》む。

「左から、庭師のハッサン、警備のデュオ、ロドヴィコ先生は通いの医師です。見識が広く、マリアージュ様の家庭教師も兼《か》ねていらっしゃいます。侍女は五人来ています。メイベル、ヒナ、リース、シシィ、ティティアンナ」

小柄《こがら》な老人と屈強《くっきょう》な体格の男が、ダイに軽く会釈《えしゃく》する。白衣の初老の男がはげた頭を撫《な》でて笑い、紹介された侍女たちは皆《みな》、一様に衣服の裾《すそ》をつまみ上げて、軽く膝《ひざ》を折った。

「全員はこちらに集まっていません。ここにいる皆から、あとで紹介を受けてください。皆さんも！　彼《かれ》をミズウィーリの一員とすることは、マリアージュ様がお決めになりました。協力するように努めてください」

ローラは使用人たちに決然と告げた。つい先日、衆目《しゅうもく》の前で、ダイに帰れと言い放ったとは思えない。

昨晩、ダイはヒースに呼び出された。題目はダイの教育について。ダイに不足している読み書き、計算、礼儀《れいぎ》作法の教師を、侍女頭《ローラ》が務めると、ヒースはダイに告げた。しかも彼の依頼《いらい》ではない。ローラが自主的に名乗りを上げたらしい。

どういう風の吹《ふ》き回しか。警戒《けいかい》したダイに、ローラは表情を変えずに断言した。

『マリアージュ様のご決定です。ならばわたくしは何も申しません』

晩餐会《ばんさんかい》に出席したマリアージュの評判は上々だったようだ。出席者たちから褒《ほ》められたらしく、会から戻《もど》った彼女《かのじょ》をダイが訪問すると、妙《みょう》に険しい表情で、明日もしなさい、と、命令された。これで晴れてダイはマリアージュ・ミズウィーリの職人である。

ただし、と、ローラはその場でダイに釘《くぎ》を刺《さ》した。

『あなたがマリアージュ様にお仕《つか》えするためには不足が多い。それを、わたくしが教えましょう』

「初めての試みですが、これもマリアージュ様のため。協力するようにしてください……ティティアンナ」

「はい」

ティティアンナが神妙《しんみょう》な面持《おもも》ちで進み出る。

「昨夜に伝えた通り、今日以降もあなたの仕事の半分をシシィに振《ふ》り分《わ》けます。昨日に引き続き、屋敷《やしき》の案内、決まりごと、諸々《もろもろ》の説明をダイに行うように。……すべてあなたに一任しますからね。頼《たの》みましたよ」

「かしこまりました」

ティティアンナの返事に、ローラは満足そうに頷《うなず》いて、再び手を打ち鳴らす。

「それでは、解散！　各自、仕事に戻りなさい」


ダイの新しい生活が本格的に始まった。

女王候補の《職人》ともなれば、食客《しょっかく》として扱《あつか》われることもあるそうだが、ダイはミズウィーリ家の使用人としての契約《けいやく》だった。マリアージュの化粧以外にも雑務をあれこれと引き受け、仕事を覚えるまではティティアンナとふたりで行動する。

そうやって働き始めて、すぐにわかったことがある。

ティティアンナが述べた以上に、マリアージュが短気だという点だ。

「あぁあぁあああ、もうっ、面倒《めんどう》なのよ！」

マリアージュの叫《さけ》びに、ダイはティティアンナと目を合わせた。

また、始まった。今日はもう五度目である。

マリアージュが背に当てる綿詰《わたづ》めを長椅子《ながいす》に叩《たた》きつける。

「何で衣装《いしょう》ひとつ選ぶのに、こんなに何回も着替えなくちゃいけないのよ。もう少し見られる衣装はないの？　ないなら仕立てたほうが早いじゃない。そうすれば、こんなに着替えなくてもすむんだわ！」

「仕立てるって、仮縫《かりぬ》いは面倒ではないんですか？」

芸妓《げいぎ》たちが衣装を新調するときも大変だった。

そう思って指摘《してき》したダイの脇《わき》をティティアンナがすかさず小突《こづ》く。

「ばか、正直すぎるよ」

「あっ、すみません」

ダイは慌《あわ》てて謝罪したが、マリアージュが怒《いか》り心頭《しんとう》といった顔で睨《にら》んでくる。ダイは主人とティティアンナから一歩離《はな》れて、脱《ぬ》ぎ散らかされた衣装の片付けに徹《てつ》することにした。

マリアージュは実に多忙《たぼう》だった。

女王候補は様々な催《もよお》しに毎日招かれ、ときには主催《しゅさい》もする。出席するだけでも事前準備が必要となる。衣装や装飾品《そうしょくひん》は、同じものを着回すわけにはいかないのだ。会の趣旨《しゅし》や主催者の好みに合わせて変化をつけなければならず、いまはまさに他家で開かれる茶会に向けて、衣装を選んでいる真っ最中だ。

彼女が癇癪《かんしゃく》を起こしたくなる気持ちは、理解できなくもない。

に、してもだ。朝の着替えで癇癪を起こし、朝食が気に入らないと叫び、勉強の時間になれば瞬《また》く間《ま》に教本を投げ、些細《ささい》な発言が気に入らないと使用人を部屋から追い出す。これが毎日なのだ。マリアージュは怒《おこ》りすぎである。

マリアージュが下着のまま、椅子《いす》にどさりと腰《こし》を下ろす。傍《かたわ》らの姿見を横目で眺《なが》めた彼女は、自分の髪《かみ》を指先で弄《いじ》りながら口先を尖《とが》らせた。

「そもそも、髪色がよくないわ。金や黒ならどんな衣装にも映《は》えるのに……。どうしてこんなに半端《はんぱ》な色なのかしら」

「染められないんですか？」

「染めるって何を？　髪を？　色を変えるの？」

「はい。全体とはいいませんよ。一部分ぐらい気分転換《てんかん》に」

「ばかね。化粧でさえ駄目なのよ。髪の色を変えるなんてもっと駄目《だめ》に決まっているじゃない」

マリアージュが盛大《せいだい》にため息を吐《つ》く。

「それでも、まぁ、変えることができれば、いいのかもしれないわね。……大《だい》っ嫌《きら》いよ、こんな赤っ茶けた色の髪」

（そこまで嫌《いや》がること、ないと思うんですがね）

マリアージュはほかの女王候補たちに嫉妬《しっと》しているのだろう。聞くところによれば彼女たちの髪色が、金や銀、漆黒《しっこく》で、周囲から称賛《しょうさん》されているようだから。

ダイは髪を指で弄《いじ》るマリアージュを一瞥《いちべつ》した。

「確かに……高貴さでは、劣《おと》るかもしれませんね……」

「何ですって、ダイ!?」

「わっ！」

思ったことが口に出ていたらしい。

ダイは怒声《どせい》にぎょっとした。マリアージュが椅子から立って憤然《ふんぜん》としている。その傍らでティティアンナが明後日《あさって》の方を見つつ、額に手を当てていた。

マリアージュがびしりとダイを指さして叫ぶ。

「よく馬鹿《ばか》正直にぬけぬけと言えたものね！　高貴さでは劣る⁉」

「あー……色の話ですよ？」

「同じよ！」

「金、銀、黒っていう色に、茶色が高貴さで負けがちなのは、色の性質上、どうしようもないんです。濃淡《のうたん》や素材、ほかの色との組み合わせに拠《よ》るところが大きいんですよ」

マリアージュが冷ややかな目でダイの髪を見た。

「その話でいくと、あんたの髪は私よりも高貴な色をしているっていうことになるわね」

「茶色にしたほうがいいなら染めますよ……。したことないので、きちんと染まるか、わかりませんけど」

魔力が高いと髪色を染めにくいと聞いている。自分の魔力はそこそこ高い。はたして結果はどうなることか。

「まぁ、聞いてください」

散らばった衣装に目を配りながら、ダイはマリアージュに口を開く。

「マリアージュ様はご自分の髪がお嫌《きら》いみたいですが、わたしはとても好きですよ。マリアージュ様の髪の色って、紅茶の色ですから」

「……は？　どういう話よ……？」

「色の話の続きです。えっと、紅茶はほっとしたいときに、マリアージュ様たちに飲まれているものですよね？」

貴族たちの紅茶の飲用回数は驚《おどろ》くほど多い。ダイもミズウィーリに来てからおこぼれに預かっているが、良質の茶葉で淹《い》れられた紅茶は色も美しく、香《かお》り高《たか》い。心が安らぐ。

マリアージュが眉間《みけん》にしわを寄せて同意する。

「……まぁ、そうね」

「皆、マリアージュ様の紅茶色の髪に、安らぎのときを見て、親しみを覚えるでしょう。黒や金銀は高貴ともとれますが、相手を圧倒《あっとう》します。一方、マリアージュ様の色は温かさを呼び起こす色。女王選はできるかぎり、多くの人たちから賛同を得なければならないんですよね。圧倒するより慕《した》わしく思われたほうが、いいんじゃないでしょうか？」

ダイは選んだ衣装をマリアージュに宛《あて》がった。淡《あわ》い黄緑を基調とした午餐《ごさん》服だ。

「夜なら暗い色の方がきれいに髪の色が映えると思うんですけど、お昼だから明るい色の方がいいですよね。緑色って、赤みを帯びた色と相性《あいしょう》がいいんですよ」

衣装の色に引き立てられて、マリアージュの肌《はだ》の色が明るさを増した。髪色も夕暮れ時の空めいた鮮《あざ》やかさを得る。

姿見を振り返ったマリアージュの頬《ほお》がわずかに上気する。

ティティアンナが手を叩いて感嘆《かんたん》した。

「お似合いです！　マリアージュ様！」

「お世辞《せじ》はいいわよ……」

マリアージュの怒りは冷めつつあるようだ。ダイはティティアンナに衣装を渡《わた》した。代わりに不要な装飾品を引き取って箱に収めていく。

「ダイ、あんた、服もくわしいの？」

「え？　いえ。服は専門じゃないですけど」

ダイは片付けの手を止めて、マリアージュの問いに応じた。

先の衣装をティティアンナに着付けられながら、マリアージュが訝《いぶか》しげに眉根《まゆね》を寄せる。

「じゃあ、さっきのは何？」

「単なる色の論理です。色は組み合わせ次第《しだい》で、お互《たが》いを生かしもするし、殺しもする。化粧の色は、衣装の色と合わせて決めることも多いので」

「そういうこと、どこで知るの？」

「ほかの化粧師たちからですが……」

最初に師事した顔師をはじめとする先達《せんだつ》に、ダイは色票を握りしめながら講義をよくねだった。少々、厄介《やっかい》な子どもだっただろう。

父の血だね、と、アスマは笑っていた。

多色を重ねて絵に深みを出す画家だった、父の血だと。

「この間から思っていたんですけど、どうして候補の衣装、マリアージュ様には似合わない色ばかりなんですか？」

「……私が指定したからよ」

「えっ、あっ、すみません！」

マリアージュが選んでいた色だったのか。鮮やかな青やら、きらきらしい黄色やら。

数日前から思っていたのだ。箱から優先的に出されながら、マリアージュが身につけるにはやけに突飛《とっぴ》な色の衣装がある。しかもマリアージュの色彩と相性が悪いものが多い。

衣装合わせが長引きがちなのもそのせいだ。

ティティアンナには悪いが、色について学んだほうがよいのではと思っていた。

色味だけではない。衣装の様式も、マリアージュの身体《からだ》の線に合うとは、言いがたいものばかりである。

ティティアンナは苦笑《くしょう》している。彼女はもしかしてわかっていたのかもしれない。

「……マリアージュ様が選ばれたものは、流行のものなんですか？」

「……そうよ。みんな着ているわ」

「なるほど」

　ほかの女王候補がらみか。

　失礼を承知の上でダイは言った。

「でも、マリアージュ様には似合いません」

「……あんたね……」

「これからはティティが選んだものにしましょう。絶対、マリアージュ様に似合うものを選んでくれますから。ですよね？」

「えっ、はっ、ええ⁉」

　急に話を振《ふ》られたティティアンナが狼狽《ろうばい》している。

　けれども服飾は彼女の管轄《かんかつ》だ。衣装や装飾品の兼《か》ね合《あ》いもあって、マリアージュにする化粧のことは、まずティティアンナに相談する必要がある。だから衣装合わせが終わらないと、という回答ばかりされても困るのだ。

「私の好みは駄目だと言いたいの？」

「好みは主張されたほうがいいと思います。けど、初めにいくつかティティに選んでもらったほうが、衣装合わせは早く終わると思います」

　マリアージュはダイを睨み、ため息を吐いて肩《かた》を落とした。鏡に映る自分の姿に視線を走らせてティティアンナに告げる。

「明日はこれでいいわ。宝飾《ほうしょく》はあんたが選びなさい」

「かしこまりました！」

ティティアンナは背筋を伸《の》ばして引き受けた。

元の衣装に着替え終わり、マリアージュが疲れた顔で長椅子に腰掛ける。

「あんたがティティとよく一緒にいるのって、ティティが衣装の係だから？」

不要な衣装を別室へ移動させていたダイは、マリアージュの問いかけに足を止めた。

「そうですね。……それもあります」

「毎回……衣装合わせに付き合っているのも？」

「化粧の方向性を決めるためですよ。何だと思っていたんですか？」

「下《した》っ端《ぱ》だから、雑用を押《お》しつけられているのかと思っていたわ」

ある意味、正しい。

けれどもダイは新参なのだ。屋敷の運営を知る上でも、用事は引き受けたほうが勉強になる。

箱を抱えたままマリアージュに向き直り、ダイは仕事仲間を擁護《ようご》した。

「押しつけられているわけじゃないですよ。皆さん、優《やさ》しい方ばかりです」

「優しいだなんて嘘《うそ》を吐《つ》かなくったっていいわよ。この家の人間は、自分の城に知らない人間が入ってくるのが大嫌《だいきら》いなんだから。ローラあたりから無視されてるんじゃないの？」

「無視、は、されてないですけど」

親しくされてはいない。

ダイはつい言葉を濁《にご》してしまった。

侍女頭からは行儀《ぎょうぎ》作法を教わっているが、日常会話は完璧《かんぺき》に拒絶《きょぜつ》されている。侍女頭ほどあからさまでなくとも、ダイへの対応はだれもが似たようなものだ。

ダイの返答の仕方から状況《じょうきょう》を悟《さと》ったらしい。マリアージュが鼻を鳴らす。

「そんなことだろうと思ったわ。せいぜい頑張《がんば》るのね」

「……ありがとうございます」

状況を面白《おもしろ》がっている節はある。が、言葉だけを見れば、ダイを励《はげ》ましていると思えなくもない。

「ローラたちは一筋縄《ひとすじなわ》ではいかないでしょうけれどね。あの頭の固い死《し》に損《ぞこ》ない」

「お口が悪いですよ」

ティティアンナが主人の悪態《あくたい》を諫《いさ》める。

マリアージュはつんと顔を背《そむ》けた。

「マリアージュ様は、ハンティンドンさんのこと」

「だいっきらいよ」

ダイの言葉尻を引き取って、マリアージュが断言する。よっぽどの嫌《きら》いようだ。

「……でも、ハンティンドンさんって、ずっとここで働いているんですよね？」

「私が生まれる前からね。小さい頃《ころ》は私を叱《しか》るのが趣味《しゅみ》なんじゃないかって思っていたわ」

「だから……嫌いなんですか？」

「それもあるけど、ローラたちを最低って思ったのは、ヒースのことをあれだけ嫌っていたくせに、お父様がわたしの代行にあいつを指名したとたんに、ころっとあいつの味方になったことよ」

「マリアージュ様！」

ティティアンナが目尻《めじり》をつり上げる。マリアージュはうんざりした表情を浮かべた。

「うるさいわよ、ティティアンナ。本当のことじゃない」

ローラを初めとする、マリアージュが生まれたときからミズウィーリ家で働く使用人たちは有能な一方で、物事を強行するところのあるヒースをよく思っていなかった。ところがヒースが代行の肩書《かたが》きを得ると、古参《こさん》たちは手のひらを返して彼におもねり始め、はては彼に従えと、マリアージュに告げるようになったらしい。

長話になりそうだ。ダイは衣装箱を足許に置いてマリアージュに尋ねた。

「えーっと、リヴォート様って、そんなに嫌われていたんですか？」

「そりゃあそうよ。あいつ、ここに来てまだ二年ぐらいでしょ。後から来たやつに、好き勝手命令されるんだもの。皆、ヒースのことを嫌っていて当然よ」

ダイは、おや、と、瞬《まばた》いた。マリアージュが人の機微《きび》を思いのほか、きちんと理解していたからだ。

マリアージュがダイをぎろりと睨む。

「……なによ。その顔」

「いいえ。何でもありません。……マリアージュ様の言い方だと、代行になる前からリヴォート様って、皆さんに命令していた感じに聞こえるんですけれど……」

「そうよ」

「……マリアージュ様のお父様、そんなにすぐにリヴォート様を、偉《えら》い人として取り立てたってことですか？　リヴォート様は貴族の人じゃないって聞きましたけど、元々お知り合いだったんですか？」

「違《ちが》うわ……」

長椅子の背に重心を預け、苦々しい口調でマリアージュが述《の》べる。

「あいつは、お父様の命の恩人なの」

約二年前、マリアージュの父は遠方の領地に住む妹を訪ねた帰り、運悪く賊《ぞく》に襲《おそ》われて誘拐《ゆうかい》された。彼が放り込まれた小屋に同じく囚《とら》われていた男がヒースだった。

ヒースは国を放浪《ほうろう》している最中、乗車していた辻《つじ》馬車ごと襲撃《しゅうげき》を受けたのだという。

しばらく虜囚《りよしゅう》に甘《あま》んじていた彼は、知恵《ちえ》を駆使《くし》して王都の警備に連絡《れんらく》を取り付けた。それが功《こう》を奏《そう》して、マリアージュの父たちは無事、救出されたのだ。

「ヒースは親族がだれもいなくて、故郷を出て旅をしていたんですって。……恩人を放り出すわけにもいかないって、思ったんでしょうね。お父様はあいつをうちに連れてきたの。あいつをずいぶんと気に入っていたわ。最初から、色んなことをさせてた……」

「リヴォート様、賊に捕《つか》まっていたときの働きが、よっぽどよかったんでしょうか。この人なら色々任せられるって思ったとか？」

「たぶんね」

「それで、仕事ぶりを見て、管理職も任せられるなって、代行として任命を？」

「そうじゃないわ」

マリアージュがいままでになくきっぱりと否定する。

「それなら別に執事だっていいじゃない。あいつが代行になったのは、わたしが女王候補になったから。あいつが……わたしを、女王候補にしたからよ」

「女王候補になったから？　……女王候補に、した？」

上手《うま》く意味を呑《の》み込めず、ダイは低い声で訊き返した。

マリアージュが磨《みが》かれた爪を眺めながら面倒くさそうに説明する。

「わたしが女王選で社交をするためには、当主が必要なの。催《もよお》しの中身が被らないように決める役よ。ほかの家と話し合ってね。……女王候補にそこまでする暇はないでしょ」

「あー、なるほど。もうひとり、社交する人が必要だったんですね。それは単なる使用人じゃあ無理……。それで、代行、ですか」

ミズウィーリはマリアージュひとりきり。親族とも関係が薄いと聞く。しっかりした補佐が必要で、だからこそ彼女が父親を失ったとき、ヒースが当主代行となることを、貴族社会も受け入れたのだろう。

「なら、女王候補にしたっていうのは……あれ、そういえば、女王候補ってどうやって決まるんですか」

女王候補は上級貴族の娘《むすめ》の中から〝選ばれる〟。つまり、その基準があるということだ。

マリアージュが唖然《あぜん》とした顔でダイを見た。

「上級貴族の格上の家から選ばれるに決まっているじゃない」

「格上？　はぁ、じゃあ、ミズウィーリ家はただでさえすごい上級貴族の中で、もっとすごいおうちってことですか？」

改めて感心したダイにマリアージュが呆《あき》れの目を向ける。

「……は？　何言ってんの？　うちは落ち目の家よ。上級貴族十三家。その底辺も底辺なのが、ミズウィーリ」

「……ていへん？」

「本当だったら、わたしなんかが女王候補になったこと自体がおかしいのよ。……何よあんた。そんなことも知らずに、うちに来たわけ？」

マリアージュが詰問《きつもん》する。ダイは縮こまりながら首肯《しゅこう》した。

「……そうです」

「あっきれた！　馬鹿じゃないの!?　……ティティ！」

「は、はいっ！」

マリアージュが立ち上がって、衣装を別室で片付けていたティティアンナを呼びつける。

当の彼女は慌てた様子でマリアージュの下へ飛んできた。

「この子、何にも知らないわよ！」

「も、申し訳ございません。わたくしたちもリヴォート様が基本的なことはお話しされていると伺《うかが》っておりまして……」

「ふん。こういうときばっかりヒースよね。もういい。……喉《のど》が渇《かわ》いたわ、ティティ！気が利《き》かないわね……もっと早くにお茶ぐらい準備しておきなさいよ！」

「申し訳ございません！」

「ふたり分、いますぐ用意して！」

「ふたり分……？　あっ、いえ、はい、ただいま！」

ティティアンナは一礼して部屋を飛び出した。

「ダイ、あんたもこっちに来なさい！」

「え？」

「ぐずぐずしない！」

「はい！」

マリアージュの座《すわ》る長椅子まで数歩もない。ダイは急ぎ距離《きょり》を詰《つ》めた。

マリアージュが卓《たく》を挟《はさ》んだ対面の席をびしりと指さす。

「座りなさい」

「えっ、でも」

「わたしが良《い》いと言っているのよ！　早く座りなさい！」

「は、はいっ！」

ダイはせき立てられるまま椅子に納まった。

ダイは本来ならこのように同席できる立場ではない。ほかならぬ主人の命令だから問題ないだろうが、ローラあたりに目撃《もくげき》されたら叱られること必至《ひっし》だ。冷や冷やする。

「お待たせしま……ダ、ダイ!?」

部屋に戻ったティティアンナが、台車を押す手を止めてダイを見る。

マリアージュがすかさず彼女を叱咤《しった》した。

「ティティ、ぼうっとしてないで早く準備して」

「……あの、おふたり分って、つまり」

「ダイの分よ。……同じ席に座るのに、わたしひとりで飲むの、気持ち悪いでしょう」

マリアージュはそう言って、ティティアンナが給仕《きゅうじ》を終えると、彼女をまた部屋から追い出した。

「冷めるわよ」

優雅《ゆうが》に茶器を持ち上げて、ダイに飲まないの、と、マリアージュが尋ねる。

「あ、はい、いただきます……」

「まったく……どこから話そうかしら」

「……教えてくださるんですか？」

「嫌ならいいわよ」

「いえっ、教えてくださると助かります！　マリアージュ様、やさしいですね！」

使用人たちの心の機微を的確に想像している点しかり。マリアージュは相手を思いやれない人間ではないようだ。いまもダイの知識不足を補《おぎな》おうとしているのだから。

振り返ってみれば、初対面のときのマリアージュも、『子どもをだまくらかして』と、ヒースに食ってかかっていた。あれは彼に突《つ》っかかっていたのだろうと思っていたが、もしかしたらダイに同情していたのかもしれない。

喉を潤《うるお》すマリアージュにダイは躊躇《ためら》いながら願い出る。

「あの、まず、貴族のおうちの格について、教えてもらいたいんですが……。やっぱり血《けつ》縁《えん》ですか？　先代の女王様とどれだけ近いか、みたいな……」

「似たようなものだけれど、少し違うわ。重視するのは女王の血じゃない。メイゼンブル公家《こうけ》の血よ」

その公家が治めた国の名を、《魔《ま》の公国《こうこく》》メイゼンブル。公国とは単なる習いで、実態はデルリゲイリアを含めた国々を制した、この大陸の覇者《はしゃ》だった。十五年ほど前に滅びていながら、いまなお強く影響を残す国である。

マリアージュが円卓《えんたく》の掛け布に刻まれた文様を指し示した。野ばらの花を基調としたミズウィーリ家の家紋《かもん》だ。

「……野ばらの花が何かは、知っているわよね？」

「聖女の花、ですか……」

安息日に祈りを捧げる御堂で、聖女の像を飾る花が野ばらだ。

聖女シンシア。彼女ははるかな昔、血で血を争う暗黒時代に騎士《きし》たちを率いて戦乱を平定した、絶対的な魔力《まりょく》を誇《ほこ》る天性の魔術師《まじゅつし》――魔女《まじょ》だったという。長きにわたって大陸を支配し続けた古き大国、スカーレットの中興《ちゅうこう》の祖《そ》だ。

メイゼンブルはそのスカーレットを前身とする国だった。つまり聖女直系の子孫がメイゼンブル公家である。

「野ばらを戴《いただ》けるのは、メイゼンブルの血がきちんと入っている証《あかし》。うちのメイゼンブルの流れはだれからかっていうと、父方の曾《ひい》お祖母《ばあ》さまね。ナヴル家の姫《ひめ》だった」

「ナヴル家？」

「スカーレットの宗主家《そうしゅけ》よ。スカーレットがメイゼンブルになったとき、メイゼンブル家に吸収された家。……あと、メイゼンブルの血で最も近いのは、わたしの母方のお祖母さま。メイゼンブル公家の出だったわ」

「マリアージュ様は、すごい方の血を引いているんですねぇ……」

聖女は主神と並んで祈りを捧げる対象だ。

感嘆《かんたん》するダイにマリアージュが手を軽く振った。

「褒めるようなことじゃないわよ。ガートルードもホイスルウィズムもベツレイムもカースンも、皆、メイゼンブル公家の血が入っているの。何親等だか忘れたけど、ある範囲《はんい》内に公家の血が入っていることが、女王候補の条件のひとつなんだもの」

近しい血縁かはともかく、中級や下級の貴族もまた、メイゼンブルの血を引いているという――ヒースが以前に述べた、魔術師たちの血脈とは、このことなのだろう。

「まぁ、いくらメイゼンブルの血が重要だからといっても、結局、そこと結婚《けっこん》できるように取り計らうのは女王陛下。その陛下から寵《ちょう》を受けているかが、家の権勢を決定することになるかしら」

「ミズウィーリって、先代の女王様に好かれていたんですか？」

「いいえ。まったく」

マリアージュが盛大に顔をしかめて否定する。

「うちがメイゼンブルと縁組《えんぐ》みしたのは、さっきも話したけれど、ずいぶん前よ？　それだけでも、陛下からの寵の薄《うす》さが知れると思わない？」

理由は不明だがミズウィーリは先々代の女王の頃から急速に冷遇《れいぐう》され始めた。女王から軽《かろ》んじられる家が権勢を誇れるはずがない。

「それで、最下位」

「そんな家の娘が女王候補になれるはずがないのよ。普通《ふつう》はね」

「はぁ、なるほど。……リヴォート様はその状況を、ひっくり返したってことですか」

「そう」

王女が流行病《はやりやまい》に没《ぼっ》し、女王選の開催《かいさい》が決定したとき、マリアージュの父は娘が女王候補になることを望んだ。

「お父様の希望に従って、ヒースはあちこちに出かけたわ。それで、何をどうしたのか、わたしを女王候補にする賛同を、あいつはもぎ取ってきた」

ヒースの功績に見合った実権を、マリアージュの父が彼に与《あた》えても不自然ではない。ところが、マリアージュはそうは思わないようだった。

「ねぇ、おかしくない？」

「え、何がおかしいんですか？」

「おかしいじゃない！」

マリアージュは円卓を叩いて主張した。

「ヒースが出かけて行くと、どの家も必ず味方になってる。どんなに仲の悪かった家でもよ！　女王候補の件だって、わたしよりも条件に合う子が、格上の家にたくさんいたはずなのに……絶対、何かおかしな方法を使ったに違いないのよ！」

「んー……それは、何か、相手にとって有益な条件を出して、交渉《こうしょう》したってことでしょうけれど……。過程はどうであれ、マリアージュ様が女王候補であることには変わりないですし、いまを頑張ればよいのではありませんか？」

「無駄《むだ》よ。女王候補になれはしても、そこまでよ。女王になんてなれっこないわ」

「それはなぜですか？」

「なぜ!?　当たり前じゃない！　女王選はどれだけの家から支持されるかなのよ？　女王候補になれたこと自体がおかしい格下のわたしが、どうして女王になれるっていうの？」

「それはわかりますが……。女王選って、家柄《いえがら》ばかりじゃないんですよね？」

「だからなおさら駄目なんじゃない。わたしを見なさいよ。踊《おど》りは下手《へた》、歌だって上手《うま》くない。頭もよくない。性格だって、かわいくないって自覚ぐらいあるわ。だれが選ぶのよ、わたしを。それは、わたしが一番わかっている。思い知らされ続けているわよ！」

胸に手を当てて呻《うめ》くマリアージュは苦しげだ。

女王選はマリアージュにとってさぞや苦痛なのだろう。

「……女王候補になったことは、マリアージュ様にとって、喜ばしいことではなかったんですね」

「──そうよ」

マリアージュが自嘲《じちょう》に嗤った。

「わたしは、女王になりたいなんて思っていないもの」

「じゃあ、降りればいいんじゃないでしょうか」

ダイの提案にマリアージュが表情を凍《こお》らせる。

「……降りる？」

「そうです。だってほかに四人も候補の方がいるんですよ？　辞退したら駄目なんですか？　それに女王候補って、ご本人の承諾《しょうだく》を得て決定するって聞いています。マリアージュ様も承知したんでしょう？　それって、マリアージュ様も、女王様になりたいって、思ったってことじゃないんですか？」

ダイの追及にマリアージュが言葉を詰まらせて俯《うつむ》いた。

長い沈黙《ちんもく》のあと、震《ふる》えた声で彼女は呟《つぶや》く。

「……お父様の、遺言《ゆいごん》なんだもの……」

「……遺言？」

「そう。お父様が、わたしに頼んだ。女王になれって。わたしに、何かを頼むことなんて、それまでなかった。初めてだった」

マリアージュが深くため息を吐く。

「わたしは女王選に出なければならないの。だって、お父様がなれって言ったから。ヒースがわたしを女王にするって言っているから。……でもやっぱり女王になんてなれるはずがない。それなのに、この家の皆は、わたしが女王になるって信じている。……どいつもこいつも、現実が見えていないわ」

マリアージュが皮肉に顔を歪《ゆが》めてダイを見る。

「あんたこそ、降りてもいいのよ。これでわかったでしょう。ヒースが引っ張ってきたここが、ろくでもない家だってことが」

「降りませんよ」

ダイは決然と告げた。

マリアージュの己《おのれ》を卑下《ひげ》する発言に当てられたか。知らず冷えた手を紅茶の茶器で温める。

「ここがろくでもない場所だなんて、わたしには思えませんし」

「……いままでの話のどこをどう聞けば、そんな風に言えるのよ？」

「これまでの話はともかく……。色んなことがわかっていなかったわたしにちゃんと説明してくれて、わたしの分のお茶まで手配してくれるご主人さまがいる時点で、とてもいいところですけれどね」

ダイは紅茶を啜《すす》った。少し冷めてはいても、これまで口にしたことのない、芳醇《ほうじゅん》な香《かお》りが口内に広がる。さすが、とてもよい品だった。

「わたしにとってみれば、貴族の方のところで働けるだけで、充分《じゅうぶん》に誉《ほま》れなので、マリアージュ様が本当に女王になりたくないなら、やめてもいいんじゃないかって思います」

ダイが求めていたものは、生きるための場所だ。

花街の人々を苦しめることなく、化粧師として生きられる場所――それだけだ。

「……って言っても、マリアージュ様を女王にする助けとして呼ばれたので、マリアージュ様が女王候補をやめられたら、用なしで追い出されそうな気もしますが」

「この家にだれを置くか決めるのはわたしよ。……あんたが役立つなら、そのまま置いておいてあげるわよ」

「ありがとうございます」

ダイはほっとして微笑《ほほえ》んだ。

少なくともマリアージュは化粧を良いと思ってくれているようだ。

ダイは茶器を置いて話を続けた。

「まぁ、女王候補をやめないなら、もう少し頑張った方がいいんじゃないかなって、思いますけれどね」

「なれないとわかっているのに、努力しても仕方がないじゃない」

「なれないと決まったわけじゃないですよ。状況は苦しいってわかりますけれど。……マリアージュ様だって、これまで何もしてこなかったわけじゃないでしょう。なんだかんだで女王選の行事に出ていますし、わたしの化粧だって受けてくれたじゃないですか」

「それはあんたの推《お》しが強かったからでしょ」

「……だって、追い出されたら困るので」

職を得るために必死だったのだ。

とにかく、と、ダイは主張する。

「皆さん、マリアージュ様を女王様にするために、一丸となっているわけです。それならマリアージュ様も、もう少し、前向きになったほうがいいんじゃないかな、って、わたしは思います」

ダイの頭にローラの姿が過《よ》ぎる。

初め、彼女はダイを疎《うと》んだ。ダイがよそ者で、化粧師だからだ。しかしマリアージュがダイをミズウィーリに置くと決めてからは、厳しくも丁寧にダイの指導をしている。

それだけマリアージュのためを思っているのだ。

「皆さん、マリアージュ様がちいさなときから、仕えている方ばかりだって聞きました。マリアージュ様が努力して、その結果、女王になれなかったとしても、責める方はいないと思います」

「そんなことはないわ」

硬い表情でマリアージュが否定する。

「わたしが女王になることができなければ、皆、わたしを責めるでしょう。わたしのせいだって。……わたしは、女王になれたはずなのにって」

マリアージュの茶器を握《にぎ》る手が震えている。

「皆、わたしが女王になるって信じているのよ。ヒースが、わたしを女王にすると信じている。あいつなら、わたしを女王にできるって、それだけあいつは有能なんだって、確信している」

ヒースはこの二年、そうされるだけのことを成した。

「……あいつが失敗するなら、それはわたしのせい。わたしが、責め立てられる。でも、わたしは、降りられない」

女王になれ、と、マリアージュの父は遺言した。

ならせめて女王選には臨《のぞ》まなければならないのだと、マリアージュは苦しそうに言った。

　衣装合わせを終えて、次の仕事へ移動する道すがら、ダイの話を聞き終えたティティアンナは、それはねぇ、と、吐息《といき》した。

「リヴォート様はお許しにならないでしょうねぇ。女王選から降りる、だなんて」

「……これまでの頑張りが無駄になるからですか？」

「ミズウィーリ家はいま、すっごく大変だからよ」

「女王選のこと、以外に？」

　ダイの問いにティティアンナが周囲に視線を走らせる。廊下《ろうか》には自分たちの姿しかないが、それでも彼女は注意深く声をひそめて、あのね、とダイに囁《ささや》いた。

「借金があるのよ。マリアージュ様はご存じないけど……それはもう、すごい額の」

「……しゃっきん」

　貴族の館でその単語を耳にするとは思わなかった。ダイは唖然として訊き返した。

「ダイは旦那様《だんなさま》が賊に襲われた経緯《けいい》は聞いたのよね？　旦那様はあの日、妹君を単にお訪ねになっただけじゃないわ。嫁《とつ》ぎ先の家に、援助《えんじょ》を請《こ》いに行かれていたの」

「そ、そこまでしなければいけない額だったんですか？　……なんでそんなことに？」

「奥様《おくさま》よ。マリアージュ様のご生母様」

　ティティアンナが悲しげに目を曇《くも》らせる。

「お身体のとても弱い方だったの。難病《なんびょう》をわずらっていらっしゃって、その治療《ちりょう》にそれはもうすごい額のお金が必要でね。……結局は治療の甲斐《かい》なく、お亡《な》くなりになったのだけれど」

優秀《ゆうしゅう》な医者がいると聞けば呼び寄せ、薬を探して他国をかけずり回る。それには莫大《ばくだい》な資金を要した。マリアージュの父は妻を救うために周囲から金をかき集めた。しかし返済は叶《かな》わず、それがさらにミズウィーリの格を落としたらしい。

「にしては、困窮《こんきゅう》しているようには、見えませんけれど……」

「それは、マリアージュ様が女王候補におなりになったからよ。……お城から、支援金《しえんきん》が下りるの」

女王選の期間中、ある程度の公平さを保《たも》つため、格が下の家にはかなりの額の補助が出るらしい。

賓客《ひんかく》を迎《むか》えるに相応《ふさわ》しく家を飾る美術品の数々、充実《じゅうじつ》した衣装や装飾品、そういった諸々はこの支度金《したくきん》あってのことのようだ。

「もしかして、あまり人手がないのは、お金がないから、なんですか？」

「そうよ。……実はほかの家みたいに、《職人》のダイを食客としてもてなせないのもそのせいなんですって。ごめんね」

「あー、いいですよ。わたしも、マリアージュ様の化粧だけだと、仕事が少なすぎて落ち着かないでしょうし……。でも、ようやっと色々、理解できました」

ミズウィーリ家の使用人の数は少ない。いくつかの役を掛《か》け持《も》ちしている者もいる。移動時間を削《けず》るために、表廊下の使用も許可されている。ダイたちは本来であれば、使用人用の廊下や階段を使わなければならないそうだ。

「なんとか仕事の回る人手が確保できているのも、やっぱりリヴォート様のおかげなのよね。補助金を元手に色んなことをして、お金を増やしてくださっていて……。マリアージュ様は、リヴォート様にもう少し感謝すべきだと思うのよ。本当なら成金《なりきん》の新興《しんこう》貴族に叩き売られて……とと っ」

ティティアンナが口を覆《おお》う。彼女のあまりの言い方に、ダイが不快感をあらわにしたからだろう。

ティティアンナが柔《やわ》らかな表現に言《い》い換《か》える。

「援助してくださる、貴族ではないおやさしいどなたかを、お婿《むこ》に迎えなければならなかったでしょうね」

金を目当てに貴族ではない男を一族として迎える。そうなればマリアージュは周囲から批難されるだろう――婿となる男はミズウィーリの持つメイゼンブルの血を薄めてしまうだろうから。

ダイは渋面《じゅうめん》になって感想を述べた。

「なんだか本当に、かなりまずい状況だったんですね」

「ええ。わたしだって、新しくお勤めできるところを探していたぐらい。ハンティンドンさんや、キリムさんは、あのお年だと新しく仕える家を見つけようにも難しいでしょうし、たとえ見つかったとしても、自分の家を見捨てた気分になって、落ち着かなかったでしょうね。……だから、マリアージュ様を女王候補にすることで、路頭に迷いかけていたわたしたちを救ってくださったリヴォート様に、わたしたちが従うのは当たり前なのよ」

以前、ティティアンナは述べた。ヒースが当主代行となることに、反発はあったと。

それがすぐに落ち着いたのは、ヒースが使用人たちを救ったからなのだ。

「だいたい、マリアージュ様は勘違《かんちが》いなさっているわ」

「……リヴォート様のことをですか？」

「ううん。女王候補になれた理由について。あれは、……流行病が、理由だったのよ」

二年前、王都では死病が流行《はや》った。王女を死の床《とこ》に就《つ》かせた病だ。花街でも大勢の芸妓を《まほろばの地》へ送り、アスマもひと月ほど娼館《しょうかん》を閉めなければならなかった。上級貴族の娘たちも無事ではなかった。特に女王候補の条件に適《かな》う娘の数が、病の流行が去ったあとに激減していた。だからこそマリアージュも、女王候補になれたのだという。

「そりゃあ、確かにね。マリアージュ様にも可哀想《かわいそう》なところはあるのよ。借金があるのは、マリアージュ様のせいではないし、奥様のお身体に差《さ》し障《さわ》るから、生まれてすぐに引《ひ》き離《はな》されて、旦那様や年長のひとたちは皆、奥様に掛《か》かりきりだった。すぐに癇癪を起こされるのも、わたしたちの気を引きたいだけ。お寂《さび》しいんでしょうよ。……でも、十七でいらっしゃるのよ。少しは落ち着いて、現実を見ていただかなくては困る、でしょう？」

ティティアンナがダイに同意を求める。ダイは言葉に詰まって視線を逸《そ》らした。

「マリアージュ様があれは嫌だ、これは嫌だって叫んでいる間に、リヴォート様は旦那様の遺言に従って、少しでもマリアージュ様への支持を得ようと動いていらっしゃる。毎日毎日、あちこち交渉に出かけて、女王選に関わる社交について指示を出して、催し物の準備の監督《かんとく》をして、執事長《キリムさん》や侍女頭《ハンティンドンさん》たちと、家のことを見て。……リヴォート様はこれだけ働いているのよ。マリアージュ様だってせめて癇癪をやめるぐらいはして欲しいものだわ」

ティティアンナの言い分はもっともだ。

ダイの目から見ても、ヒースは恐《おそ》ろしく忙《いそが》しい。

「リヴォート様は？」

「マリアージュ様のところじゃないかしら。踊りの練習を確認《かくにん》なさるっておっしゃっていたから」

明日に行われる、園遊会の支度を手伝っていたダイは、下男《げなん》の問う声を拾った。女中のひとりが作業の手を止めて、彼と向かい合っていた。

「早く行ったほうがいいわ。確認が終わったら、お客様が来られるはずだから……」

「わかった」

「リヴォート様はお忙しすぎる」

ダイの隣で執事がため息を吐いて嘆《なげ》く。彼は円卓の配置表を持っていた。その余白をびっしりと埋《う》める招待客に合わせた指示は、ヒースの手に拠《よ》るものだ。

ダイの周りで使用人たちが次々と囁き合う。

「マリアージュ様がもう少ししっかりなさってくだされぱよいのだが」

「今日も踊りを嫌って騒《さわ》がれているのかしら。リヴォート様のお手を煩《わずら》わせないでいただきたいわ」

「リヴォート様だけじゃない。俺《おれ》たちの手も」

「しっ、そういうことを言わないの」

「ダイ」

ふいに名を呼ばれたダイは、声の聞こえた方へ慌てて向き直った。侍女のメイベルが布の塊《かたまり》を抱《かか》えてダイの傍《そば》に立っていた。

「これをリースのところに返して。マリアージュ様の明日のご衣装に映えないわ。いまから言う色番の布を準備してもらって」

「はい」

「至急ね」

「わかりました」

ダイに布の塊を押しつけて、メイベルが慌ただしく立ち去る。ダイは近くで飾《かざ》り付《つ》けの打ち合わせをしていたティティアンナに声を掛けてから場を離れた。

「リヴォート様はどちらかしら。仕入れのことで伺《うかが》いたいことが……」

「マリアージュ様のところにはいらっしゃらなかったよ」

「リヴォート様のいまのご予定はなんだったかな」

「リヴォート様はまだお打ち合わせ中？　ホイスルウィズム家から進行表が届いたの」

「これはリヴォート様のご判断を仰《あお》がなければならないな。次にお時間が空《あ》くのはいつだったか……」

廊下を歩くさなか。リースと合流した資材室。通りかかった控え室――そこかしこで、ヒースを探す声が反響《はんきょう》している。

交換《こうかん》分の布を抱え、園遊会の会場へ引き返しながら、ダイは顔をしかめた。

（これは、まずいんじゃないかな……）

途切れることを知らないヒースを求める声は、彼に仕事が集中しすぎていることを示している。

問題はそれだけに留まらない。

これはマリアージュの沽券《こけん》に関わる話だ。

しゅっ、と、燐寸が擦《す》られ、角灯に火が灯《とも》る。

橙色《だいだいいろ》に照らされた男の横顔を、ダイは応接の席に着きながら見つめた。いつ見ても端《たん》正《せい》な顔だ。肌もきめ細やかで、化粧が実によくのりそうである。

ダイの視線を感じたらしい。ヒースが面を上げて首をかしげる。

「なんですか？」

「いいえ。……すみません。夜分遅《おそ》くに時間をとっていただいて」

「かまいません。逆にすみませんね。こんな遅くにしか時間をとれず」

ダイは首を横に振った。正直なところ、数日は待たされると予想していた。面談を申請《しんせい》してすぐに応じてもらえてありがたい。

ただ、確かに遅い時分だった。消灯を過ぎたヒースの執務室《しつむしつ》に、執事たちの姿はすでにない。ヒースとダイのふたりだけだ。

ヒースは燐寸の処理をすませ、ダイの対面の席に着いた。

「それで、ご相談とは？」

「相談というか、提案なんですけれど……」

と、ダイは前置いた。

「マリアージュ様に、お仕事の仕方を教えませんか？」

「仕事の仕方？」

追及するヒースの声色《こわいろ》は低かった。

「仕事といっても色々とあります。あなたはどれを指している？」

「女王選の準備の差配《さはい》です。たとえば、今日の園遊会の指示もそうです。招待状やお礼状を書くことだってそう。ほかの家に招かれたとき、持って行く土産物《みやげもの》を選ぶことも、主催するときの会場の手配も。いまは全部、リヴォート様がしていらっしゃる……そうですよね？」

マリアージュは催しに参加するのみ。自身の装飾品や衣装の準備は身支度《みじたく》の範疇《はんちゅう》だ。仕事というほどでもない。

ダイの確認にヒースが頷く。

「ええ。マリアージュ様にはできませんからね」

「だからといってこのままだったら、マリアージュ様はできないままです。少しずつ、仕方を教えてあげていただけませんか？」

「無理ですね」

ダイの提案をヒースはばっさり却下《きやっか》する。

彼は組んだ膝の上で手を組み、黙《だま》り込んだダイに解説を始めた。

「あなたの言い分はわかります。ですがわたしには時間的に余裕《よゆう》がない。わたしは女王選に関わる物事だけを見ているのではないのでね」

「……借金、のことですか？」

ダイの問いにヒースは口元を苦笑で彩《いろど》った。

「聞きましたか？」

「はい……。女王選に参加するために、補助を受けているって」

「ええ。ですがそれはあくまで支度金程度です。女王選にて支持を集めるためには、金銭はいくらあっても足りません」

「ちなみにいくらぐらいなんですか？」

興味本位で尋ねたダイは後悔した。

ヒースの回答した金額が、途方《とほう》もない額だったからだ。

「……その金策に走っているっていうことですか……」

「有《あ》り体《てい》に言ってしまえば、そうです」

「どんな風にしているんですか？」

「そうですね……」

　ぎし、と、椅子に深く座りなおし、ヒースは腹の前で手を組んだ。

「たとえば、今日の話です」

　ヒースが言うには、今日は二名の訪問客がいた。ひとりは上級貴族デルグラント家の当主。もうひとりは中級貴族の青年で、王都からやや離れた穀倉《こくそう》地帯を治めている。

「中級貴族のお客人は、農具の消耗《しょうもう》が激しく、いくつか貸し付けてくれないかとご相談に来られました」

「農具……。あるんですか？　ミズウィーリに」

「いいえ、いまは。ですがこの度、デルグラント家のご当主から、不要になった機材を、お譲《ゆず》りいただくことになっておりまして」

「上級貴族の方が、農具を譲ってくださるんですか？　無償《むしょう》で？」

「ええ、無償です。ただ少し、愚痴《ぐち》を聞いて差し上げましたが」

「愚痴」

「あの方は少々、事業を焦《こ》げ付《つ》かせておられまして」

「その愚痴を聞くだけで、農具を譲ってくださったんですか？」

「便宜《べんぎ》も多少は計りましたよ。とある家が余らせて困っていた資源を、損失の補填《ほてん》用に回して。これで奥方《おくがた》の怒りを躱《かわ》せるようでなによりです」

ほかにも、あの家の物資をこの家の事業へ。この家の事業をあちらの家に。あちらの家にどこどこの家を援助させ。なのにミズウィーリがさもすべてを支援したかのように見せかける。

話を聞くにこれは、アレだ。

ナントカ操業《そうぎょう》というやつだ。

とてつもない綱渡《つなわた》りである。

「い、いいんですかそんなことをして」

「だれの懐《ふところ》も痛みませんし、ミズウィーリは効率よく恩を売れます。手数料も手に入る。全員が勝者」

「わぁ……」

遠い目をしたダイを、ヒースが感心した目で見る。

「あなたは……事業を理解できるんですね」

「え？　あ、はい。……アスマも似たようなことをしていましたから」

最初の娼館を手に入れるときの苦労話はよく聞いた。金や支援者を増やすべく、色んなことをしたそうだ。

「なら、話が早い。わたしが行っているのは、一種の仲介業《ちゅうかいぎょう》です。簡単そうに見えますが、それなりに下準備が必要となる。女王選がなければともかく、いまこの時期に、あの方に物事を噛み砕《くだ》いて教えている余裕はありません。……そもそもあの方に、学ぶ意欲はありませんよ。勉学をことのほか、厭《いと》っておいでですからね」

ダイがミズウィーリに到着《とうちゃく》した初日、マリアージュは勉強に飽《あ》いて癇癪を起こしていた。これ以上、学ぶべきことを積み上げて、彼女が取り組むとは思えない。

まったくもって、ヒースの言う通りだった。反論の余地もない。

ダイは下唇《したくちびる》を噛みしめて俯いた。

「……で、あなたはなぜ、マリアージュ様に仕事をさせようと思ったのですか？」

ダイはヒースの顔色を視線で探《さぐ》った。彼はダイの唐突《とうとつ》な提案に呆れていたわけではないらしい。ヒースは興味深そうな様子でダイの返答を待っていた。

「……ひとつは、マリアージュ様の求心力《きゅうしんりょく》の問題です。えーっと、いま、マリアージュ様って、皆さんから仕事を邪魔《じゃま》するひとって見られていますよね」

マリアージュは唐突に怒《いか》り散らして要件を言いつける。ヒースの手を必要以上に煩わせる。使用人は皆それをよく思っていない。彼女がいなければ、と、口には出さずとも、考えてはいるのではないか。

「それって、まずくありませんか。女王様を目指すのに、皆から、邪魔だ、なんて思われているのは。だから、仕事をしてもらうんです。もっと……責任を感じられる仕事を」

マリアージュの予定は女王選のことで占《し》められている。しかしそれは会に参加するか、そのための身支度をするかの、二種類だ。衣装合わせの類《たぐい》は後者である。本来であれば女王候補が行うとされる会の主催までも、ヒースが執《と》り行《おこな》っている。

「マリアージュ様は女王選の中心です。責任があるんです。なのに、責任を実感することを、していない」

「どの女王候補もご自身で女王選の差配をしていることは稀《まれ》ですよ。会の主催も実際はご当主か、そのご夫君ないしご夫人がしています。それが普通です」

「でもそれって、お人形と何が違うんですか？」

ダイの追及にヒースが口元を引き結ぶ。

ダイは勢いにのって言った。

「芸妓だって、きれいに着飾《きかざ》って座っているだけの子は、一等にはなれません。自分でそれを望んでいるならともかく、マリアージュ様は、そうじゃない。自分のことなのに、主体性がなくて、他人の言う通りにさせられているもの、でしかない。それが嫌なんじゃないかなって。だからすぐに面倒になるし、とても、怖《こわ》がっている」

『責められるのは、わたしなんだわ』

マリアージュは責任を追及されることを恐れている。

それは自分を低く見ているだけではなく、強い責任感の表れなのではないか。

お膳立《ぜんだ》てはすべてヒースがしているのだ。女王になれなければ、ヒースのせいにすればよいだけなのに、彼女はそれをしないのだから。

「だから、自分が指示できる仕事を任せれば、マリアージュ様も真面目《まじめ》に取り組むんじゃないかなって。それで、女王選に積極的な姿勢を見せることができれば」

「使用人たちのマリアージュ様を見る目も変わる」

ダイの言葉を引き取って、ヒースが微笑んだ。

「なるほど。あなたの主張は理解できました。ですが、任せると言っても何から？　さっきもお伝えしましたが、わたしに仕事を教える余裕はありません」

「ええっと……招待状と、お礼状を書く、とかは？　いま、リヴォート様がされていらっしゃいますよね。それぐらいだったら、キリムさんとか、執事の方に補佐《ほさ》してもらったら、なんとかなりませんか」

「それは、可能かもしれませんが……キリムたちは嫌がるでしょうね。それに、あなたの言う、責任のある仕事に含まれますか？　ついでに言えば、招待状とお礼状の執筆《しっぴつ》は、マリアージュ様から面倒だと投げられた仕事のひとつです」

「そのときって名前を書くだけで終わらせていませんでしたか？」

「……それ以上になると、癇癪を起こされますからね」

「でしょうね。でもそうすると、とても単調で、雑用をさせられているって感じになりませんか？　マリアージュ様が嫌がられるのも、無理なかったと思います。……真剣《しんけん》にしようとすると、あれって難しいですよね。ほら、招待する人の好みで紙や墨《すみ》の色を選んだり、同じ招待状を出す人たちの人間関係にも気を配ったりとか。使い回しの招待状を使うと、皆さん結託《けったく》して怒り出すこともありますし……。どうか、しましたか？」

ヒースが黙り込んでいたことに気づいてダイは我に返った。

ヒースがまじまじとダイを凝視《ぎようし》している。ダイは居心地の悪さに身を引いた。

「あの……すみません。勝手なことを言って」

「いいえ。あなたは何も間違《まちが》っていません……。あなたはそういった招待状を書いたことが？」

「わたしではなくて、芸妓の子たちが、ですけれど……。宴席《えんせき》にお客さんを招待するときに、意見を聞かれることがあって」

特に若い芸妓から、男の目線から見て、好ましいかをよく尋ねられた。

ヒースが顎《あご》に手を当ててうなった。

「……女王選を芸妓の人気投票のようだと、あなたは言っていましたね、ダイ。ミズウィーリに来て、化粧以外にも女王選を手伝っていただいていますが、いまも花街の催《もよお》しと女王選は、似ていると思いますか？」

「そうですね。……貴族らしい決まりごとが多くて、手続きが複雑なことを別にすれば、人気投票っていうより、花街でいつもしていたことだなって思っています」

芸妓はどこかに招待されることこそないが、中には宴席に顧客《こきゃく》を集めて対応する、催し物好きな芸妓もいた。

そういった催しがなくとも、上級の芸妓は客人に合わせて身を飾《かざ》り立《た》てるものだった。

ダイは肌作りと化粧の専門だったが、花街には衣装や装飾品の担当もいる。人からの好意を集めるために身辺を飾る、という本質においては、女王選で女王候補たちが行っていることとなんら変わりがない。

「わかりました」

ヒースが表情を引《ひ》き締《し》める。彼はその蒼《あお》の双眸《そうぼう》で鋭《するど》くダイを射抜《いぬ》いた。

「ダイ、あなたの提案を受け入れましょう。まずはあなたがおっしゃったように、招待状とお礼状の準備からマリアージュ様にお任せします。草案はわたしの方で準備しますから、それをもとに、マリアージュ様には招待者の好みに合わせた工夫《くふう》をしていただく」

工夫は小さなものでよい。共通の話題を書き添《かそ》えるでもよいし、ダイが述べたように、墨や紙に変化をつけることでもいい。

「招待状やお礼状は、招いた会に先方が心地《ここち》よく来られるか。次回、顔を合わせたときに、滑《なめ》らかに会話を始められるか。それらを左右する大切な一歩です。それを、マリアージュ様にわからせた上で、取り組ませてください。あなたが」

「はい。……わたしが？」

そうですよ、と、ヒースは笑顔《えがお》になった。

その顔のあまりの麗《うるわ》しさに、ダイの背にぞわりと悪寒が走る。

ヒースは美しい笑みをたたえたまま説明した。

「キリムたちに監督を任せてもよいですが、マリアージュ様に取り組ませる意義を理解した者がその役を担《にな》う方が好ましい。幸い、あなたには経験があるようですし」

「いえ、わたし、さすがに書いたことはないんですが……」

ダイは顔をこわばらせた。大丈夫《だいじょうぶ》ですよ、と、ヒースが請《う》け合《あ》う。

「祐筆《ゆうひつ》をつけますから、書き方の作法について心配する必要はありません」

祐筆は公文書を作成する資格を持った職人だ。ミズウィーリにもひとりいる。

「あなたにとっても貴族のつながりを学ぶよい機会になります。……あなたの狙《ねら》い通りにマリアージュ様が変化するように、尽力《じんりよく》してください」

「……わかりました」

ダイは神妙に頷いた。ダイ自身が言い出したことだ。ここで逃《に》げるわけにはいかないだろう。

ひとまず提案が通ったので、本日はこれで解散とする。ヒースはこの件で夜に相談の時間をとることを約束して席を立った。

「すんなりことが運ぶとは思えませんからね。……毎日は難しいかもしれませんが、少なくとも安息日《あんそくび》の前日は、必ず時間をとるようにします。何かあればそのときに相談してください」

「ありがとうございます」

ダイは喜色に口元を緩《ゆる》めた。

招待状の件を話しているときに気づいた。ミズウィーリの中で唯一《ゆいいつ》、ヒースとは花街のことを話せる。花街と貴族の常識をすり合わせるにしても、ヒースと相談する時間を持つというだけで、ずいぶんと気が楽になった。

ふたり並んで執務室を出る。ヒースが扉《とびら》を施錠《せじょう》した。

ダイが持っていた角灯を引き取りながら、ヒースがそういえば、と、呟いた。

「マリアージュ様に仕事をお任せする件ですが……。あなた、理由を話すときに、ひとつは、と、言っていましたね。ふたつめがあるんですか？」

「あぁ。……ええ、まあ、はい」

ダイは天井を仰いで言葉を濁《にご》した。いまさら言う必要はないと、ダイ自身は感じている。

しかしヒースは気になるようだ。

「……リヴォート様の忙しさ、どうにかならないかなって、思いまして」

ヒースは日中の半分を留守《るす》にしている。女王選に伴《ともな》う各所への交渉が主《おも》だろうが、事業の密談《みつだん》に出かけていることも多いようだ。屋敷にいれば、不在時にあった諸々の報告を受け、決済ないし指示。勉学の進まないマリアージュにも付き合う——食事と睡眠《すいみん》をいっているのか、わからないほどだ。

「こんなふうに時間を割《さ》いてもらっているわたしが言うのもどうかとは思うんですが……。リヴォート様は、仕事のしすぎです。だから、せめて仕事をマリアージュ様と分けることができればなって、思いました」

ミズウィーリのいまの構造はいびつすぎる。一介《いっかい》の使用人にすぎないヒースが家のすべての責任を負っている。女王選のことを差し引いても不自然だ。マリアージュの父親はいったい何を考えていたのだろうか。

「……この忙しさは、覚悟《かくご》の上ですよ。わたしが望んだのですから」

「マリアージュ様を女王とするために？　……そういえば、リヴォート様はどうしてマリアージュ様を女王にしたいんですか？」

「マリアージュ様のお父上の御恩《ごおん》に報《むく》いるためです。わたしはあの方に、よくしていただきましたので」

親族を失って放浪《ほうろう》していたという話だろうか。

マリアージュの言が正しいならば、ヒースは故郷を出なくてはならなかったのだろう——ダイのように。

マリアージュの父は、ヒースに居場所を与えたのだ。

使用人棟《とう》へ向かってふたりで並んで廊下を歩き出したところで、ヒースが呟いた。

「あなたは、わたしの言葉を否定しないのですね」

「……えぇっと、さっきの話ですか？　旦那様のためっていう？」

「そうです」

「……皆さん、否定されるんですか？　わたしはなるほどって思いましたけれど」

「どのあたりに納得《なっとく》しましたか？」

「えっ……えーっと、ほら、だってリヴォート様、マリアージュ様のこと、あまりお好きじゃないですよね？」

ヒースのあらゆる行動はマリアージュとミズウィーリ家のためのものだ。けれどもマリアージュを大切にしているようには見えなかった。マリアージュの癇癪にもたびたび苛立《いらだ》っている。子どものわがままに、仕方ないなって笑うような許容の仕方ではない。彼はマリアージュのことを、どちらかといえば面倒に感じている。

「はっきり言いますね、あなたは」

「あっ、すみません」

「……間違っては、いませんがね」

ヒースは苦笑した。ダイの失言を、彼は許したようだった。

「……だから、マリアージュ様のお父様のためだって聞いて、変にマリアージュ様のためだって言われるより、わたしは納得したんですけれど……」

「皆は権力狙いだと思っているようですよ。なのでわたしが旦那様のことを申し上げると、失笑《しっしょう》されます」

「それって、変ですね」

ヒースが足を止めてダイを見下ろす。

ダイも立ち止まった。ヒースが不思議そうに首をかしげていた。

「……変？」

「だってそうじゃありませんか？　居場所をくれた人の意思を大切にするって、全然おかしくないと、思うんですけれどね」

ヒースは恐ろしく有能だ。だから逆に故郷を追い出されたのかもしれないと思う。圧倒《あっとう》的《てき》に突出《とっしゅつ》した何かを持つ人間は、周囲の畏怖《いふ》を招いて排斥《はいせき》されるものだ。

マリアージュの父はヒースに存分に力を揮《ふる》う場所を与えたということになる。ならばヒースが大切に思って当然ではないか。

「権力狙いだったら、もっと別の方法をとっているはずでしょう？　たとえば、マリアージュ様と結婚するとか」

ミズウィーリ家の実権を握るにしても、それが最も手っ取り早かっただろう。当主代行という前代未聞《ぜんだいみもん》の役職に据《す》えるぐらいなら、婿に迎えたほうが軋轢《あつれき》も少なかったはずだ。

マリアージュの父はそれをせず、また、ヒースもそうなるように動かなかった。

ならば、そういうことなのだ。

「わたしと、マリアージュ様が……結婚？」

ヒースが裏返った声で呻く。彼にしては珍《めずら》しく、動揺《どうよう》を顔に出している。

おかしなことを言っただろうか。ダイは狼狽《ろうばい》しながら自分の発言を補足した。

「ほら、あの、なんて言いますか。このままだと、マリアージュ様が女王様になったとき、リヴォート様は単なる臣下です。マリアージュ様の意志ひとつで、辞めさせられてしまう立場でしょう？　本当に権力が欲《ほ》しいなら、マリアージュ様の夫になっておくべきですよ。リヴォート様はすごくおきれいなんですから、ちゃんと甘やかして、愛を囁いて、籠絡《ろうらく》するんです」

マリアージュは愛情に飢《う》えている娘だ。彼女の孤独《こどく》につけ込むだけでいい。

と、ダイは思っていたのだが。

ヒースの顔がこれ以上ないほどに引き攣っていた。

これは、怒らせた。

「あ、あの……」

「……くっ……」

ダイが焦《あせ》って声を掛けると、ヒースが唐突に壁《かべ》に寄《よ》り掛《か》かった。彼は片手で腹部を抱《かか》え、空いている手で顔を覆う。

そして転げんばかりに笑い始めた。

「あはははははっ……！」

ダイは唖然とした。

ヒースが息も絶え絶えに笑うところを初めて目にした。

「じょ、冗談《じょうだん》はやめてください。権力欲しさに結婚するとしても、マリアージュ様はご免《めん》ですよ」

「……えーっと、それは、どうしてですか……？」

「それは——単純に、好みの問題です。あぁ、……おかしい」

「あの……すみません」

ダイは控えめに挙手して問いかけた。

「何がそんなに笑えたのか、さっぱりわからなかったんですが」

「あなたの、発想がね。直接的すぎました。あなたが、大真面目な顔で、簡単に権力をとれるのに、していないから違う、って。冗談や、皮肉のつもりではないんでしょう？」

「……そうですけれど……」

「だから、おかしい」

やはり、何が笑いどころだったかわからない。

むう、と、ダイは口先を尖《とが》らせた。

「あぁ、ひとつだけ、訂正《ていせい》しましょう」

笑いを収めてヒースは言った。

「ほかの皆のわたしに対する認識《にんしき》は間違っていません。わたしは、確かに、力が欲しい」

ヒースが口元から手を放し、ゆっくりと指先を握り込む。

その拳《こぶし》を見つめながら彼はつぶやいた。

「くだらない歴史に、屈《くっ》せぬ力が」

ヒースが拳を開き、ダイに向き直った。

「だからわたしは自《みずか》ら身を投じた。旦那様への恩義とは別の意味で、わたしはマリアージュ様を必ず女王にする。そのためにわたしが、あなたからどれほど身を削るように見えたとしても、それはわたしが望んだことです。心配してもらうことではない」

ですが、と、ヒースはダイに笑いかける。

彼がこれまでによく浮《う》かべた不遜《ふそん》なものではない。

喜色めいた情が垣間見《かいまみ》える、やさしい微笑《びしょう》だった。

「あなたがわたしの負担を軽くしてくださるというのなら、歓迎《かんげい》しますよ。……楽しみにしています」

第四章

それから安息日《あんそくび》をひとつ数えた昼下がり。

ダイは祐筆《ゆうひつ》のディミトリを連れてマリアージュの居室を訪《おとず》れた。

「――ということで、マリアージュ様はわたしと一緒《いっしょ》に、先日、ミズウィーリで行われた園遊会のお礼状を書くことになりました」

「何が、ということで、なのよ。あんた勝手にわたしの仕事を増やすんじゃないわよ！」

独断《どくだん》でヒースと話をつけたダイに、マリアージュは怒《いか》り心頭《しんとう》らしい。顔を紅潮《こうちょう》させて円卓《えんたく》の天板を勢いよく連打している。彼女《かのじょ》のその剣幕《けんまく》に、ティティアンナをはじめとした、様子を見守る侍女《じじょ》たちは蒼白《そうはく》だった。

「お礼状ってあれよね。延々とありがとうございましたって書いていくの。なんでそんなことを、わたしがしなくちゃいけないのよ」

「あれ、でもわたし、リヴォート様から見せてもら……いただいたんですよ、アリシュエル様から来た、お礼状」

それは教材としてダイに披露《ひろう》された。さすが、女王の座が確実と噂《うわさ》される女王候補。アリシュエル・ガートルードは自身で礼状をしたためていた。

マリアージュがぴたりと動きを止める。

彼女はダイをものすごい形相《ぎょうそう》で睨《にら》んだ。

「……あんたね」

「全部をマリアージュ様が書くわけじゃありません。上級貴族の方へのお礼状を書くこと、ディミトリが書く、中級や下級のお客様への文面を考えるだけです」

「考えるだけって……それが一番面倒《めんどう》じゃないのよ……」

「そうですね。でもマリアージュ様、これって女王選でも、とても重要な仕事なんですよ」

何を言い出すのかと、マリアージュが胡乱《うろん》な目をダイへ向ける。

ダイはマリアージュの手を取って顔を寄せた。

「ちょっ、近っ……」

「マリアージュ様」

マリアージュの手をぎゅっと握《にぎ》って、ダイは彼女に訴《うった》える。

「わたしは考えたんです。どうしたら、晩餐会《ばんさんかい》や園遊会のとき、マリアージュ様のところへ人が集まるのか。……マリアージュ様は、招待状にマリアージュ様の好みの花が添《そ》えてあったとしたら、うれしいですか？」

「……う、うれしいけど」

「ならその招待された会で、お礼を言いに行きますか？」

「……言わないわけにはいかないでしょう」

「ですよね。……そのとき、花があれば、話題ができますよね」

「……そうね」

「でも何もなかったら、お礼だけで帰ってしまうこともありますよね」

「だって話題がないものね？」

「これを逆の立場で考えてください。マリアージュ様から相手に好みの花だとか、話題になるひと言を添えれば、相手の方はマリアージュ様とお話ししやすくなると思いませんか」

「……そう、ね」

苦い表情ながらも、マリアージュが理解を示し、ダイはマリアージュの手を解放した。

「ちゃんと会話を弾《はず》ませるためには、マリアージュ様も準備する必要があります。だから、リヴォート様に言って……じゃなかった、申し上げました。招待状と、お礼状は、マリアージュ様にお任せしてくださいませんかって」

マリアージュが黙《だま》り込む。考えている様子の彼女を見つめながら、ダイは胸中で呟《つぶや》いた。

（あと、ひと押《お》し）

ダイはマリアージュの前に片膝《かたひざ》を突《つ》き、彼女の思案顔《しあんがお》を覗《のぞ》き込《こ》む。

「マリアージュ様、実はこれは、わたしの教育のためでもあるんです。わたしは貴族の方のことってよくわからないので……」

「……わたしがあんたに教えるの？」

「いえ、そうではなくて……。ほら、お礼状や招待状を書くとき、貴族の皆様の好みや人間関係をさらうことになるでしょう？」

ヒースいわく、よい勉強となるでしょう、の意味はこれである。

「だから、マリアージュ様のお手伝いをさせてもらえるのなら、とっても助かります」

複雑そうな表情をマリアージュが浮《う》かべた。

これまでの言動から推察《すいさつ》するに、マリアージュは自身がだれかの上に立つ機会に餓《う》えている。こうやって下から頼《たよ》られることに弱いはずだ。

マリアージュはまだ折れない。

主人の強情《ごうじょう》さに呆《あき》れながら、ダイはこの仕事に取り組む意義を追加した。

「えぇっと、それにこれは、容姿と関係なく、マリアージュ様の美意識の高さ、みたいなのも、主張できます」

相手が女性なら美しい花や透《す》かし編みに砂糖菓子《がし》。男性へは組紐《くみひも》、筆記具、釦《ぼたん》の類《たぐい》。手紙の添《そ》え物《もの》ひとつでマリアージュの印象をよくできる。文字が美しければ書き手の容姿まで同様だと想像してしまうようなものである。

「アリシュエル様はそういったことにまで気を回していないみたいです。……上手《うま》くいけばアリシュエル様よりも、こういった面では話題になれるかもしれ」

「するわ」

ダイの言葉を最後まで聞かずに、マリアージュは決然と言った。


ここからが、大変だった。

「お馬鹿《ばか》。ドルジはガートルードの下よ。こっちのほうがいい紙だって言ったのはあんたでしょうが。この紙を使ったらだめなんじゃないの？　ちゃんと準備して」

「あぁああ……すみません。こちらが代わりの紙です。……あと、こっちはシュテイムのご長男の方に向けたもので合っていますか？」

「合っているわよ」

「なら、これでよし……。それにしても、上級貴族の方は本当に女性が少ないですね……。なんか変な斜線《しやせん》がいっぱい引いてあるし。あっ、マリアージュ様、それとそれ、文面が似ていますけれど、大丈夫《だいじようぶ》ですか。ベーイオッズとアイゼリアって、同じ派閥《はばつ》だから、見せ合って使い回しているとか思われませんか」

「招待状をわざわざ見せ合ったりはしないでしょうけれど……。そうね。ディミトリ、違う草案を頂戴《ちょうだい》」

「あれ、ドルジとテディウスって親戚《しんせき》なんですね」

「上級貴族はどこも親戚よ。ドルジは先代女王の生家。テディウスはそのご夫君《ふくん》のご実家」

「あっ、なるほど、殿下《でんか》のご実家……」

最近ダイも知ったことだが、先代女王には息子《むすこ》がふたりいる。男は王位を継承《けいしょう》しない決まりのせいか、花街《はなまち》まで噂が届いてこなかったのだ。

「上級貴族同士で結婚《けっこん》している方も多いんですね……。その方々は、同じ派閥？」

「えぇっと、待ちなさいよ……」

マリアージュが貴族年鑑《ねんかん》を開いて必死に文字を追い始めた。

ダイはもちろん、マリアージュも貴族内の派閥に明るいとは言えなかった。おかげで本当に適切な文面を礼状に添えようとすると、必ず貴族年鑑や各家の近況《きんきょう》を洗い出すことになり、遅々《ちち》として進まない。

園遊会の礼状をどうにか終えたあとも招待状、礼状を書く機会は次々とやってくる。

ところがこれといった成果はいまひとつ見えず、マリアージュの苛立《いらだ》ちは募《つの》り、催《もよお》しに出席した直後などは、癇癪《かんしゃく》の回数が増えるようになった。

「マリアージュ様もいい加減にして欲しいわ！」

マリアージュの部屋から戻《もど》った侍女が、扉《とびら》を閉めるなり金切り声を上げる。彼女は手近な椅子《いす》に乱暴に腰掛《こしか》け、髪《かみ》をくしゃくしゃに乱して長卓《ちょうたく》の上に泣《な》き伏《ふ》した。

「何が気に入らないのよ！　リヴォート様に全部お膳《ぜん》立《だ》てしてもらっておいて！」

「ねぇ、何があったの？」

侍女のシシィが喚《わめ》く同僚《どうりょう》の背をやさしく叩《たた》く。

別の侍女が代わってシシィの問いに答えた。

「着替えのときに枕《まくら》を投げられたのよ。その拍子《ひょうし》にこの子、椅子ごと転倒《てんとう》しちゃって……」

「「あぁ……」」

その場にいた使用人たちが一斉《いっせい》にため息を吐く。ダイもすすり泣く侍女に同情した。

「わたしはこの前、爪《つめ》を立てられたわ……」

「本当に……女王におなりになっても先行きは暗いわね」

「なれると思う？」

「選ばれなかったら……この家はどうなるのかしら……」

だれもが将来に不安を抱《いだ》いている。

ダイは化粧箱《けしょうばこ》を抱《かか》え上《あ》げた。着替えを担当する侍女たちが戻ってきたということはその後にマリアージュの肌《はだ》を整える、ダイの出番も近いからだ。

共に部屋へ向かうティティアンナもまた立ち上がる。

「行こうか、ダイ」

「はい」

「ダイ」

ダイは足を止めた。すすり泣いていた侍女がダイの手首を摑《つか》んでいた。

「戻ってきたら、作法を見てあげる」

急にどうしたのだろう。困惑しつつ、ダイは頷いた。

「はい。よろしくお願いいたします」

「ダイは覚えがいいから、早く完璧《かんぺき》になるわ」

乱れた髪の間から暗い目を覗かせて彼女は嗤《わら》う。

「そうしたら晩餐会や昼食会に、あなたも同行できるのよね。……マリアージュ様のこと、任せるからね」

そう言って侍女はダイから手を離《はな》した。

近頃《ちかごろ》の使用人たちはマリアージュから少しでも離れようと必死だ。最初こそダイとの距《きよ》離《り》を測《はか》りかねていたらしい彼女たちも、昨今は態度を一変させて、ダイが少しでも早く礼《れい》儀《ぎ》作法を修了《しゅうりょう》するよう復習に熱心に付き合ってくれる。

が、それは決してダイを仲間として受け入れたというわけではない。少しでもマリアージュのお守りを押し付けたいという意図の表れだ。

礼状関連に取り組み始めてから、マリアージュの機嫌《きげん》は日に日に傾《かたむ》いている。それをダイはどうにか宥《なだ》めすかしているものの、いずれ爆発《ばくはつ》するかもしれない。現にこの通り、使用人たちに当たり散らす回数が目に見えて増えているのだ。

控《ひか》え室《しつ》を出て、廊下《ろうか》を歩きながら、ダイはひとりごちる。

「間違《まちが》っていたかな……」

マリアージュの仕事を増やさなければ、彼女の癇癪の量も増えなかったのだろうか。

「そんなことないよ、ダイ」

隣《となり》を歩くティティアンナが微笑《ほほえ》む。

「わたし、マリアージュ様をちょっと見直したもの。いやいや言っても、この間も招待状を書ききったでしょう？　少し慣れたらマリアージュ様も、落ち着かれるでしょうし、きっと……この努力は、無駄《むだ》じゃないと思うの」

実際、彼女の言う通りだった。

暴れたと聞いていたため、怖々《こわごわ》と部屋に入ったが、マリアージュはそれほど気を尖《とが》らせてはいなかった。枕を投げつけてしまった侍女の様子を気にするそぶりまで見せ、ダイとティティアンナに対する態度も大人しい。

「この間、書いた、犬の話ね」

マリアージュが唐突に口を開いた。

マリアージュの化粧を落としていたダイは首をかしげる。

「犬……あぁ、えぇっと、この間の昼食会のお礼状に書いた話ですか？　アイゼリア家の」

「そう。……今度、犬を見に行くことになったわ」

アイゼリア家の当主は犬が好きで、大型犬と小型犬を何匹《びき》も飼っている。今日の晩餐会で当主夫妻と話が盛り上がり、個人的な招待を受けたのだという。

「まぁ、それはよかったですね、マリアージュ様」

茶の用意を整えていたティティアンナが破顔《はがん》した。

「うるさいわよ、ティティ。招待を受けたぐらいで……」

「でも、個人的なお招きって、初めてのことですよね？」

「うるさい」

マリアージュが真っ赤になって呻く。ティティアンナはくすくす笑っている。

ダイもマリアージュに声を掛ける。

「よかったですね」

彼女は何も答えなかった。

ダイは肌の手入れを再開した。香《かお》りのよい油を手に垂らす。顔がむくまないように、マリアージュの背後から、その首周りをゆっくりほぐす。

マリアージュはしばらくダイの手に身をゆだねていた。

「……装飾品《そうしょくひん》も、同じなのかしら」

虚空《こくう》を見つめてマリアージュがつぶやく。

「招待されたときに、その家の主人の眼《め》や髪の色に合わせて花を飾《かざ》ったりすること、あるじゃない？　それって……招待状に添える言葉だとか、飾り紐《ひも》みたいなものなのかしら」

「……そうですね」

ダイの同意に、そうなのね、と、マリアージュは頷《うなず》いた。

「じゃあ、衣装《いしょう》や装飾品を選ぶときも、招待状を書くときみたいに、したほうがいいのね」

「……たぶん、そうです」

「……ティティアンナ」

「はい、マリアージュ様」

ティティアンナが紅茶を注《そそ》ぐ手を止めてマリアージュに応じる。丁寧《ていねい》に名を呼ばれたからだろう。ティティアンナは驚《おどろ》いた顔をしていた。

「今度の、観劇会の衣装……明日の朝が衣装合《いしょうあ》わせよね？」

「はい、おっしゃる通りです」

「観劇会は、クリステルのところが主催《しゅさい》だから……。あの子は、翡翠《ひすい》が好きだったわ。確か。だから、そういうのを、見繕《みつくろ》っておいて」

「……かしこまりました、マリアージュ様」

ティティアンナがやわらかく笑って承諾《しょうだく》する。話題になりそうな、とてもきれいな細工ものがあるんです、と、彼女は付け加えた。

「それから、ダイは……」

「マリアージュ様、化粧まで相手の方に合わせる必要はないですよ」

「……そうなの？」

「はい。もちろん、衣装みたいに、だれかに合わせることもできますけれど」

ダイはマリアージュの肌に付いた油分を拭って、彼女の前に回った。

「それよりも、マリアージュ様はどんなご自身になりたいですか？　それをわたしは先に教えていただきたいです」

「なりたいわたし？」

「そうです。……顔かたちの話じゃなくて、どんなふうになりたいか。かわいらしく、とか、凛とした感じに、とか。希望する姿と、元々の差異を埋《う》めて、その人でも気づいていないような、美しさを引き出す。それが化粧師の仕事です。……でもマリアージュ様からはまだ、なりたい姿について、聞いていません」

「……そばかすを消したりするのとは違うの？」

「あれは応用っていうか……。えぇ、少し、違いますね。たぶん」

「ふぅん。……難しいのね」

しばらく思案したあと、わからないわ、とマリアージュは言って、眉間《みけん》にしわを寄せた。

化粧についてはともかく、マリアージュの女王選への取り組み方に、変化があった点はよいことだ。

自分もまた、変わらなければ。

「言葉遣《ことばづか》いに注意を払いなさい」

まだローラにたびたび指摘《してき》を受ける。

「正そうという姿勢は見られますが、まだ失敬《しっけい》です。マリアージュ様は寛容《かんよう》にもお許しになっていらっしゃいますが、それを良しとしないように。このままでは、ほかの家へあなたを遣《つか》わすことはできません」

敬語や礼儀作法を反復《はんぷく》して練習し、貴族の流行を学びつつ、催《もよお》し物《もの》の趣旨《しゅし》に添った化粧を考える。化粧の完成度を高めるために、使用人たちにも協力を願う。

医師のロドヴィコとはマリアージュの体調について話し合った。肌の色つやは、健康状態にも左右される。医師の領分に首を突っ込《こ》んだダイに彼は狼狽《ろうばい》していたが、慣れてもらうしかないだろう。

ダイはマリアージュの食事にも気を配った。

「厨房長《グレインさん》、もう一品、増やすことはできますか？」

ダイは献立《こんだて》を指さした。鶏肉《とりにく》を主役とした、マリアージュの夕食の献立だ。

「あぁ、かまわんが。何でだ？」

「お肉ばかりになってしまっているので、えぇっと、蕪《かぶ》あたりが、いいんですけれど……」

少し前にマリアージュの肌が乾燥《かんそう》していたため、肉類を増やして欲しいと依頼《いらい》していた。

しかしここ数日は逆に野菜が足りていない。

「一応、見目は考えているぞ。彩《いろど》りもいい」

「はい。それはさすがです。ただ、その、野菜の種類の数が……。たとえば、大根でもかまいません。もう一品、増やしたほうがいいです。消化がよくなって、お腹《なか》の負担も軽くなりますし、そうしたら、肌にももう少し艶《つや》が出るので……」

「はぁ、ようわからんが。じゃあ、煮込《にこ》むか」

「いえ、火を通し過ぎないほうが……」

「はぁ？　なぜだ」

「えぇっと、栄養、の、関係なんですけれど……」

なかなか上手く説明できず、ダイはどっと冷《ひ》や汗《あせ》をかいた。結局は以前の職場で実践《じっせん》されていた知恵《ちえ》だと弁解した。

グレインが不承不承《ふしょうぶしょう》、ダイの意見を了承《りょうしょう》する。

「……とりあえず、わかった」

「ありがとうございます、グレインさん」

ダイは頭を下げて厨房を出た。ほっと安堵《あんど》の息を吐《は》く。

グレインは料理の道に何十年と関わる玄人《くろうと》だ。素人《しろうと》のダイに口出しされて、気分がよいはずはない。衝突《しょうとつ》しないためには詳細《しょうさい》な説明が必須《ひっす》だが、これをダイは上手にこなせなかった。あらゆる活動が芸妓《げいぎ》の美しさを引き出すためである花街と、装飾品ひとつ、料理の品ひとつ、複雑な様式美に則《のっと》らなければならない貴族街とでは、基準が異なるからだ。

（それでもなんとか、受け入れてもらえた）

先日、マリアージュがアイゼリア家から招待を受けたこともそう。

少しずつ良《い》い方向へと進んでいる気がする。

よし、と、気を改めていったん自室へと戻り、化粧道具を調《ととの》えて、マリアージュの下へ向かう。

ところがダイは彼女の部屋の前でぎょっと目を剝《む》いた。他家の昼食会から彼女が戻ったと、ダイは知らせを受けていた。

扉の前に人の壁《かべ》が作られていたからだった。

「もう嫌《いや》よ！」

マリアージュが叫《さけ》びながら寝台《しんだい》に伏《ふ》せっている。朝はきれいに結《ゆ》われていた髪が、枕を抱えて丸まった彼女の背に、くしゃくしゃに乱れて落ちていた。

「いや、いや、ぜったい嫌……！」

叫び続けるマリアージュに困惑《こんわく》しながら、ダイは室内を見回した。

（何……いったいどうしたんですか？）

呼び集められた侍女たちが部屋の入り口近くで立《た》ち竦《すく》んでいる。唯一、マリアージュを着替えさせる役を負《お》ったティティアンナが、寝台の傍《かたわ》らに膝《ひざ》を突いて、主人に必死に呼びかけていた。

「マリア様……マリアージュ様。起きてください。ご招待に遅れてしまいます」

今日のマリアージュは休憩《きゅうけい》を挟んで、別の家の晩餐会《ばんさんかい》へ赴《おもむ》かなければならないのだ。衣装や装飾品はもちろん、髪形や化粧も改めるので、身支度《みじたく》には時間を要《よう》する。複数人の侍女が待機《たいき》しているのもそのためだ。

マリアージュは頑《かたく》なに顔を上げず、ティティアンナの手を振り払った。

「招待なんて放っておきなさいよ！　だれもわたしのことなんて待っていないじゃない！　行っても行かなくても同じことよ！　ついでで呼ばれているようなものだもの！」

マリアージュの荒《あ》れ方がいつもにもましてひどい。

様子を見守っていたダイに侍女のひとりが耳打ちした。

「ダイ、あなた、どうにかできない？」

「どうにか、と言われましても……」

「してきて」

侍女がダイを強引《ごういん》にマリアージュのほうへ押し出す。

ダイは息を吐いた。いまはまずマリアージュを着替えさせることが先決だ。

「マリアージュ様」

ダイは化粧箱を絨毯《じゅうたん》の上に置き、ティティアンナに並んで膝を突いた。客に手ひどく扱《あつか》われて、仕事を嫌がるようになった芸妓を、宥《なだ》めていたころを思い出す。

呼びかけに答えないマリアージュへ、ダイはできうるかぎりの優《やさ》しい声音《こわね》で囁《ささや》いた。

「ひとまず、化粧を落としましょう」

「このままでいい」

「肌、荒れてしまいますよ」

手入れして滑《なめ》らかさを増した肌をマリアージュは気に入っている。ダイが軽く脅《おど》すと、マリアージュはしぶしぶといった様子で身体を起こした。

彼女の顔を見て、ダイは渋面《じゅうめん》になった。潤《うる》んだ目。瞼《まぶた》は腫《は》れてむくんでいる。掛け布に擦《こす》りつけていた顔も真っ赤だ。噛み締められた下唇には傷が付いている。

ダイはまず腫れた瞼を労《いたわ》ることに決めた。

「すみません。湯と水と……手拭いを持ってきてください」

化粧直《けしょうなお》しのみの予定だったので、落としきる準備まで整えていない。目の合った侍女が退室する姿を見送り、ダイはマリアージュに向き直った。

「このまま寝台でしてもいいですか？　椅子の方がいいですか？　動けますか？」

「……動けるわ」

「じゃあ、移動しましょう。喉《のど》は渇《かわ》いていませんか？」

「すぐにお茶を準備いたしますね、マリアージュ様」

ティティアンナが微笑んで立ち上がった。

彼女と入れ替《い》わりに、湯と手拭いを持った侍女が戻った。湯瓶《ゆびん》とたらい、折りたたまれた手拭い数枚を、円卓の上に置き、彼女は早々に離れていった。マリアージュの癇癪に巻《ま》き込まれることを恐《おそ》れたのだろう。

ダイはたらいに湯を張ったあと、温度を確認して手拭いを浸《ひた》した。それを固く絞《しぼ》って、椅子に腰掛《こしか》けたマリアージュに手渡《てわた》す。

「これで目許を押《お》さえていてください。唇も拭いますよ」

ダイは続けて別の手拭いの一部を湿《しめ》らせ、マリアージュの唇を拭《ふ》いた。白い布に茶色のしみが滲《にじ》み、ダイは顔をしかめた。

血が出るほどに、噛《か》んだのか。

「マリアージュ様……。これ、あとで痛みますよ。何があったんですか？」

「……アリシュエルが、来ていたの」

それでか、と、ダイは得心《とくしん》した。もう何も聞くまい。

催しでほかの女王候補と同席した日、マリアージュの機嫌は傾きがちだ。メリア、クリステル、シルヴィアナの三人はまだしも、アリシュエルと顔を合わせたあとは最悪のひと言に尽《つ》きる。

マリアージュの目許の手拭いを冷えたものと交換《こうかん》する。化粧箱から整肌水と乳液、油の小瓶《こびん》を取り出して、卓《たく》の上に手早く並べた。

化粧落としに用いる乳液を手のひらで温める。

手拭いを目許から外し、マリアージュが拳《こぶし》を握りしめた。

「ねえ、ダイ」

「はい、マリアージュ様」

「……わたし、ここのところ頭を使ったわ。今日だって、衣装を選ぶところから。そうよね？」

「ええ。ティティと真剣《しんけん》に悩《なや》まれていました」

「でも……そういうの、する意味、あったのかしら」

「……マリアージュ様？」

ダイはマリアージュの顔を覗き込んだ。

マリアージュはダイを見ない。どことも知れない場所を睨み据《す》えている。

「だって、結局は、全部、元々どれだけきれいか、じゃない？　アリシュエルのところには、いつも、人が集まって、でも、わたしは」

ダイは事情を察《さっ》した。今朝のマリアージュは主催した貴族のことを考えて身を飾った。けれどもその努力が実を結ばなかった。おそらく――アリシュエルに話題をさらわれたのだ。

「しっかりしてください、マリアージュ様」

ダイはマリアージュの腕《うで》を摑んで揺《ゆ》さぶった。

「マリアージュ様がしてきたことにはちゃんと意味がありました。上手くいったことだってありました。そうでしょう？」

「たったひとつやふたつのことでしょう？」

マリアージュが苦しげに呻く。

「女王選の集まりは、毎日あるのよ。そのうち、わたしは何回、取るに足らないんだって、突きつけられればいいの？」

「マリアージュ様……」

「あの子の周りには、集まって……わたしは、いつも、いつも、そうだった……！」

独白していたマリアージュが、突如《とつじょ》、勢いよく立ち上がった。

はね飛ばされた椅子が横転して派手な音を立てる。

「マリアージュ様!?」

「だれだってわたしには、見向きもしなかった……！」

マリアージュの目から涙《なみだ》が溢《あふ》れる。呆然《ぼうぜん》と仰《あお》ぎ見るダイに、彼女は叫び続ける。

「お父様もお母様も、誰も……！　わたしはいつだって誰かの二の次だわ！　ううん、視界にすら入っていないのよ！　お父様も皆も、お母様のことばかりだった！　お母様が亡くなられたら、次はヒースのことばっかりだわ……。ようやっと、お父様はわたしを見たのに、わたしに言ってくださったのに、女王になれって……でも、やっぱりわたしじゃあ、駄目なの……。生まれつき、かしこくて、きれいじゃなきゃ、駄目なのよ……！」

マリアージュが手拭いをダイに投げつける。

布はダイの頬《ほお》を掠《かす》めて絨毯《じゅうたん》に叩きつけられた。

「どんなに化粧したって変わらない！　全然！　女王になんて！　なれるはずがない！

だれも、見向きもしない!!」

「マリアージュ様、ひとまず座《すわ》りましょう」

手のひらの乳液を拭って、ダイはマリアージュの手を取った。

彼女の青白い手に爪の痕《あと》が付いている。下唇にまた血が滲んでいる。怒りとも悲しみともつかない激情を御《ぎょ》しきれず、涙を零《こぼ》している。

あまりに悲痛な姿に胸が軋《きし》んだ。

「医者みたいな口を利《き》かないで！」

マリアージュはダイの身体《からだ》を押し返した。

「いいわよね、あんたは——そんなきれいな顔をして、わたしの悩みなんか、あんたには欠片《かけら》もわからないくせに！　あんたのそういうすましたところが大嫌《だいきら》いよ！　自分は大人ですっていう、お利口《りこう》そうな顔しているところがなおさらね!!」

「いっつ……！」

ダイは苦痛に呻いた。

マリアージュがダイの髪を鷲摑《わしづか》んでいる。思わず手を離したダイの身体を彼女は床《ゆか》に引《ひ》き倒《たお》した。

「——っつ！」

肩《かた》を卓の縁《ふち》に打ち付ける。声も出せず、ダイはその場に崩《くず》れ落《お》ちた。

遠巻きにしていた侍女たちから悲鳴が上がる。

「マリアージュ様っ！　何を……おやめくださいっ！」

マリアージュを静止する侍女たちの声は切迫《せっぱく》している。

「……マリアージュさま？」
ダイは痛みに霞《かす》む目を凝《こ》らしてマリアージュを探した。
その視界に黒い影《かげ》が過《よ》ぎった。持ち上げた箱を振《ふ》り上《あ》げる主人の影だ。
――隣にあったはずの化粧箱が、ない。
マリアージュが何をしようとしているか悟り、ダイは跳《は》ね起きた。
「マリアージュ様！　やめてください！」
マリアージュにすがり付き、ダイは化粧箱に手を伸《の》ばす。
しかし、届かない。
勢いよく振《ふ》り下ろされた箱は、傍にあった椅子の角に叩きつけられた。
がしゃん、と、部屋に響《ひび》く、派手な破砕《はさい》音。
蓋《ふた》の撥条《ばね》が弾《はじ》け、中身が絨毯の上に、放射状にばらまかれる。
沈黙《ちんもく》が、落ちた。
マリアージュの荒《あら》い呼吸音だけが、室内に大きく響いていた。
ダイは立ち上がり、無言のまま、化粧箱に歩み寄った。
箱ははね飛ばされて、近くの壁にぶつかり、その直《す》ぐ下で沈黙していた。傍らに膝を突いて、中の道具を確認する。もう箱は使い物にならない。金具も外れていたし、蝶番《ちょうつがい》の一部が欠けてしまっている。

次にダイは散らばった道具類に目を向けた。

まずは筆。筆巻を紐を解いて広げる。中は、無事だった。柄《え》が折れたり、ひびが入ったりしている形跡《けいせき》もない。筆先も傷《いた》んではいなかった。

次は化粧品一式。折《お》り畳《たた》まれていた色板は何事もなく思えたものの、開くと中の粉が見事に砕《くだ》けていた。瓶の類も亀裂《きれつ》が入って色が滲み出ている。完全に割れた瓶もある。ただ中身は箱の中で零れただけで、絨毯を汚《よご》すまでにはいたっていなかった。

「すみません、かごか、箱か、お盆《ぼん》か……どれか貸してください」

この道具類を、まとめなければ。

ダイの要請《ようせい》を引き受けて、侍女のひとりが踵《きびす》を返す。ちょうど茶道具をたずさえて現れたティティアンナが、部屋の惨状《さんじょう》に目を見開いて、裏返った声を上げた。

「な、なに、どうしたの!?」

呆然とする彼女の隣を、かごを抱えて戻った侍女がすり抜《ぬ》ける。

「こ、これでいいかしら……？」

ひと抱えほどもある平かごは、道具すべてを入れるに充分《じゅうぶん》な大きさだ。

侍女の顔は強張《こわば》っている。まるで、怯《おび》えているかのようだ。かごを渡《わた》す手も震《ふる》えている。

何をそのように青ざめる必要があるのか。ダイは微笑んで礼を述べた。

「ありがとうございます」

ダイはかごに道具を詰《つ》めていった。

道具がこれ以上、傷《いた》まないように。

割れた瓶から色粉が零れないように。

淡々《たんたん》と、丁寧に。

――奇妙《きみょう》な静寂《せいじゃく》が部屋を包んでいる。

「……大丈夫？」

ティティアンナが隣に屈んで、ダイの顔を案じる様子で覗き込む。

ダイはティティアンナに微笑《びしょう》のみを返し、道具を詰め終えたかごを持って立ち上がった。

そのままマリアージュの下へと歩み寄る。

「ダ、ダイ……」

マリアージュの呼びかけはもちろん聞こえているが、返事をする気になれなかった。

円卓の傍に立つ彼女の顔には血の気がない。先ほどまでの興奮が嘘《うそ》のようだ。

マリアージュが一歩退《ひ》いて、か細い声でダイに訴える。

「な、何か言いなさいよ……」

「ご着席を、マリアージュ様」

ダイは椅子を勧《すす》めた。命令に近い口調だ。平時のマリアージュなら、何を偉《えら》そうにして、と、ダイに摑みかかっているところだろう。

ところがマリアージュは大人しくダイの指示に従った。力が入らない様子で、ふらふらと、椅子の上にへたり込む。

ダイは次の動作に移った。新しい手拭いを水に浸し、絞る。広げる。綿布、筆、海綿、その他の道具類一切合切《いっさいがっさい》を、卓の上に整然と揃《そろ》える。

ダイはマリアージュの対面に椅子を引き寄せて着席した。丁寧に、一礼する。

「それでは、化粧を落とします」

「……っ」

マリアージュの顔には困惑の色が浮かんでいる。

ダイはマリアージュの頰にかかる髪を、邪魔《じゃま》にならないように端《はし》に寄せて留《と》めた。続けて手を清め、乳液を手のひらで温める。それをマリアージュの顔に伸ばして化粧と馴染ませ、濡《ぬ》らした手拭いですべてを丁寧に拭う。

ダイの動作、ひとつひとつに、マリアージュは困惑している。

否《いな》、怯《おび》えている。

マリアージュが震えた声で呼ぶ。

「ダイ」

「これから化粧をしますが、ひとつだけ」

ダイは呼びかけには応《こた》えずに、マリアージュへ静かに告げた。

「前にも言いました。わたしにできることは、ただひとつ。あなたを、あなたが望むように美しくすること。それだけです」

何度でも、わかるまで、繰《く》り返《かえ》す。

「どんなに化粧をしても変わらない？　ええ。マリアージュ様のおっしゃることは、正しいですよ。……ちょっと色を塗《ぬ》っただけで、何もかもが変わるなんてありえませんよ」

化粧はその人の本質を塗り替えはしない。見せかけを与えるにすぎない。

ダイは怯えるマリアージュに微笑みかけた。

「でもね、マリアージュ様。化粧は、力になるんです。こうなりたいという姿があるとき、化粧はそうなれるように強く後押しをしてくれる。……さぁ、教えてください、マリアージュ様。化粧を無意味なものにしないため。あなたがなりたい姿をわたしに教えてください。以前にも訊きました。アリシュエル様のように美しく？　それとも女王のように気高く？　化粧をしましょう――マリアージュ様の、お望みのままに」

叶えてみせよう、この腕にかけて。

「教えてください、マリアージュ様。あなたは、どうなりたいですか――女王になるなんて無理だと嘆《なげ》く前に、あなたは、どのような女王になりたいんですか？」

「そ、そんなの……」

マリアージュが視線を彷徨《さまよ》わせて口ごもる。

「わからないわよ」

「考えてください」

ダイはぴしゃりと言い切った。

「化粧したって、何も変わらない。そうおっしゃるなら、あるんですよね？　なりたかった姿が。……だから、教えてください」

マリアージュが唇を引き結ぶ。

ダイは卓を叩いて立ち上がった。

「答えてください！」

これ以上、平静を装《よそお》うことはできない。

溶解《ようかい》した鉄のような熱に突《つ》き動《うご》かされてダイは叫んだ。

「いいですか、マリアージュ様！　少しはご自分で考えてみてください！　化粧が無意味だのなんだのおっしゃる前に！　どうしてアリシュエル様の周りには、あなたが羨《うらや》むほどに人が集まるのか！」

アリシュエル・ガートルードは品行方正な優等生だと、マリアージュは述べた。

拒絶《きょぜつ》をあらわにするマリアージュを、無視するでもなく、友好的に話しかけていると思《おぼ》しき点からも、アリシュエルが支持されるに足る人物であることが窺《うかが》える。

「だれに対しても、朗《ほが》らかであるように！　だれの目から見ても、美しく、見えるように!!　背筋を正して、女王然として振《ふ》る舞《ま》われているからこそ、アリシュエル様の周りには、人が集まるんです！」

「な……な、あ、なにっが」

呆然としていたマリアージュも、こみ上げた怒りで正気に返ったようだ。

彼女は憤然《ふんぜん》と立ち上がった。

「あんたに、わかるのよっ！　あんたはアリシュエルを見たことないじゃない！　勝手なこと言うんじゃないわよ！」

「見たことなくたって、あちこちで話を聞いていれば嫌でもわかりますよ！　マリアージュ様はどうですか!?　毎回いっつもグチグチと！　八《や》つ当《あ》たりばっかりじゃないですか！　今回だってちょっと努力したぐらいで……癇癪を起こさないでください！」

ダイは化粧箱を指さした。喉の奥《おく》を詰まらせるマリアージュへ矢継《やつ》ぎ早《ばや》に怒鳴《どな》る。

「マリアージュ様が参加されているのは、女王選ですよ！　問われているのは美醜《びしゅう》じゃない。生まれ持った環境《かんきょう》や顔かたちでもありません！　女王らしい、振る舞いですっ！」

ダイは肩を大きく上下させて呼吸を整えた。硬直《こうちょく》するマリアージュに、声を低めて語りかける。

「女王選にかぎったことじゃありません。この屋敷《やしき》の中でもそうです。皆、マリアージュ様がミズウィーリのご当主様として、相応しいかを見ているんです」

室内の使用人たちが震えながらダイを睨む。話を振ってくれるなということだろう。

ダイは嘆息《たんそく》した。

「……マリアージュ様は、皆から見向きもされないって、おっしゃいました。皆、リヴォート様を見ているって。……なぜ、ご自分の周りに人が集まらないのか、考えたことはあるんですか？　ご自分がきれいじゃないからだって。本当にそう思っているんですか？」

「それは――……」

マリアージュが言いよどむ。

彼女は答えをわかっている。

わかっている、はずだ。自身の短気が人を遠ざけていることを。

わがままな自覚はあると、述べていたのだから。

「もちろん、全部がマリアージュ様のせいじゃない。皆がリヴォート様に協力するのには、ちゃんと理由があります」

「理由？」

「ミズウィーリには、借金があるんですよ！　莫大《ばくだい》な。その返済のために、リヴォート様は奔走《ほんそう》されているんです！」

ダイが暴露《ばくろ》したとたん、若い侍女たちが青ざめて、年長者の顔色を窺った。集まった視線に年嵩《としかさ》の使用人たちは狼狽え始める。

ダイは彼らを鋭《するど》く睨《ね》め付《つ》けた。

（どうして話したりしたんだ、って顔ですね）

そもそも当主であるマリアージュには伝えてしかるべきことではないのか。彼らの行動に、ダイはずっと納得《なっとく》していなかったのだ。

加えて、だ。若年《じゃくねん》のティティアンナや、新参のダイに厄介《やっかい》ごとを押しつけ、傍観《ぼうかん》を決め込む姿にも、ダイはいい加減に腹を立てていた。

「正直に言って、とんでもない額です。マリアージュ様もきっと驚かれます。リヴォート様は、それを完済しつつある……皆さんが頼るのも、当然なんですよ！」

ダイは力強く訴えたつもりなのに、マリアージュの反応はいまひとつ。事情を呑《の》み込めていない顔だ。

「しゃっきん……って、なに？」

「……は？」

「しゃっきん、すると、どうなるの？」

「どうなるって――……」

マリアージュが見せた予想外の反応にダイは狼狽《ろうばい》した。平易な言葉で言《い》い換《か》える。

「借金は……つまり、だれかから、お金を借りることです。皆、ただでは貸してくれない。何かと交換か……利子が付きます」

「りし？」

「そうです。借りたことへの、手数料です。そのせいで借りた以上のお金を返さなきゃならなくて、最後はお金がどんどんなくなって……」

「なくなると、どうなるの？」

不思議そうにマリアージュが尋《たず》ねる。

言葉を失うダイに、彼女は問いを重ねる。

「ねぇ、だいたい、お金って何よ。お金がないと、どうなるっていうのよ？」

ダイはぞっとした。

金銭が何たるかを理解していない。

片手の指に足らない幼子《おさなご》ですらわかるそれを。

仮にも国主を目指している娘が。

「な……で……なんで！」

ダイは数歩よろめいて、使用人たちを振《ふ》り返《かえ》った。

「なんでっ、だれも！　教えていないんですか！」

その日暮らしをしている平民の子どもとは違う。マリアージュは末席《まっせき》とはいえ上級に名を連ねる家の跡取《あとと》りなのだ。商人の娘ほどではなくとも、金銭の遣《や》り取《と》りに関して無知であってはならないはず。少なくとも花街では五つも過ぎれば常識として覚える事柄《ことがら》だ。

「だ、だって……言っても、おわかりになるなんて、思いませんし……」

「おわかりになるなんて、思わない……？」

しどろもどろに弁解する侍女に、ダイは激高《げっこう》していた。

「マリアージュ様を、馬鹿にしているんですかっ！　あなたたちはっ……!!」

マリアージュの無知は嘲《あざけ》られるべきものではなかった。

彼女を教育する義務を、周囲が怠《おこた》った結果ではないか。

「教えたらわかることじゃないですか！　確かにマリアージュ様は、直《じか》にお金を遣り取りする必要はないかもしれませんよ！　でも、だからこそちゃんと、誰かが教えなければならないものじゃないんですか!?」

マリアージュは容易く癇癪を起こす。

けれども諫言《かんげん》にまったく耳を貸さない娘ではない。礼状のときもそうだった。噛み砕《くだ》けば理解するし、努力もするのだ。

「家の運営にも関わる、大事なことでしょう！　伝えるべきことを、きちんと伝えていないのは、単なる怠慢《たいまん》ですよ！　なのに陰ではマリアージュ様のことをあんなに……ほんと……本当、いったい、なんなんですか！」

マリアージュと使用人たち。両方から話を聞いたダイにしてみれば互《たが》いに五十歩百歩。しかし不出来の指摘すらしなかった後者の方が、より悪質に思える。

「何て最低な……！」

ダイは絞《しぼ》り出《だ》すようにして叫んだ。涙が溢れてきた。

ダイはマリアージュとの距離を詰めた。彼女は戸惑《とまど》った顔でダイを見返していた。

「これが、お金です」

ダイは懐《ふところ》から取り出した一枚の貨幣《かへい》を、マリアージュの手のひらにそっと載《の》せた。

「わたしたちはこれと交換して、水や服、食べ物……色んなものを手に入れています」

「……これと、水を交換するの？」

「そうです。……これ一枚では、器《うつわ》一杯の水がせいぜいですが」

マリアージュが貨幣を凝視《ぎようし》する。ダイは説明を続けた。

「これがないと、何も手に入らない。使用人の皆を召《め》し抱《かか》えるにも、このお金がいります。お金がないなら……」

「皆、いなくなるって、こと？」

先んじて尋ねるマリアージュに、ダイは、そうです、と、首肯《しゅこう》した。

「お館の掃除《そうじ》や、食事の支度《したく》。毎日の、ちょっとしたことをする代わりに、使用人はミズウィーリ家から、このお金を貰《もら》っています」

「あんたも、貰っているの？」

貨幣を手の上で転がして、マリアージュが確認する。

「はい」

ダイは肯定する。マリアージュが、そう、と、目を伏せた。

「わたしはマリアージュ様のお化粧の仕事をして、お金を貰っています。ここにいる皆が、労働の報酬《ほうしゅう》としてお金を貰っています。……ミズウィーリ家に借金があると……お金がないと、働いたのにお金をもらえないってことになるかもしれない」

「……そのお金を、増やしているのが、ヒースなの？」

ダイはマリアージュに頷き、背後の侍女たちを一瞥《いちべつ》した。

（ほら、わかるじゃないですか）

マリアージュは愚《おろ》かではない。順序よく説明すれば、すぐに理解するのだ。

マリアージュが貨幣を握って面《おもて》を上げる。

「ダイ。うちにはそんなにお金がないの？　私には実感がないわ。食事も衣装も屋敷も、何もかも、昔と変わらないように見える。あんたもほかの皆も、ここで働き続けているじゃない。お金がないなら、それって変よね？」

「マリアージュ様が女王候補だから、お城からお金が支給されているそうです。……ほかの女王候補たちと同様に美しい衣装を着て、対等に争えるように、援助《えんじょ》されている」

「じゃあ……何も問題ないんじゃないの？」

「大ありです！」

ダイはマリアージュへ即座《そくざ》に訂正《ていせい》を入れた。

「このまま借金だらけで、女王にならないまま、女王選が終わったらどうなりますか⁉ 下手《へた》をするとミズウィーリは取りつぶし！　使用人は皆、いなくなります！　マリアージュ様だって下着姿で門向こうに置き去りにされるかもしれませんよ！」

マリアージュが青ざめる。彼女はようやく状況《じょうきょう》を把握《はあく》したらしい。

ダイはため息を吐いた。

「リヴォート様はマリアージュ様がそうならないように、ミズウィーリ家がちゃんと存続するように、ひとり戦っているわけです。だから皆、リヴォート様の味方をする。あなたに女王になって欲しいと思っている。……名声が欲しいわけではありません。この家を、失わないためにです」

貨幣を握るマリアージュの手を、ダイは己《おのれ》の手で包《つつ》み込んだ。

「もう、わかりましたよね？　癇癪を起こしている場合では、ないってことが」

マリアージュが、息を呑む。胡桃色の瞳には当惑《とうわく》の色が浮かんでいる。

ダイはマリアージュの手を握る指先に力を込めた。

「考えてください、マリアージュ様」

「……考える？」

「そうです。……考えるんです」

女王とは、なにかを。

おののいた様子でマリアージュが退《しりぞ》く。ダイはその腕を引き寄せて詰問《きつもん》した。

「マリアージュ様は、どんな女王を、目指されますか？　どのように、なりたいんですか？」

当面、マリアージュは女王を目指さなければならない。それが女王候補という立場を受け入れた者の義務だ。

マリアージュが瞳を揺らす。遠い記憶《きおく》を凝《こ》らすように。

「……人が……集まる……」

「人が集まるひと？　なら、どんな人の傍に、人は集まると思いますか？」

ダイの尋問《じんもん》に鼻白みつつ、マリアージュは回答した。

「それは……美しい人よ」

「ならマリアージュ様は、どう美しくなりたいんですか？」

それが定まってもいない主人に、化粧を事が上手く運ばない理由にされたくはない。

化粧を軽んじられたくはない――。

ダイはマリアージュから手を離して距離を取る。

「マリアージュ様が、どのようになりたいのか、示してくださらないかぎり」

どう美しくなりたいのか、伝えられないかぎり。

花街を出てから今日まで、鬱積《うっせき》したものを怒りの火にくべて、ダイは主人に宣言した。

「わたしはあなたに化粧を施すことはできません……――決して!!」

間章　彼に対しての一考察

騒《さわ》ぎの顛末《てんまつ》を耳にしたヒースは、やれやれと脱力《だつりょく》した。キリムやローラたち管理者は、穏便《おんびん》に事を収められなかったのか。

（まぁ、マリアージュ様には、いい薬です）

癇癪《かんしゃく》を起こしたあとのマリアージュはたいてい自分の非を認めようとしないが、ダイの化粧《けしょう》道具を壊《こわ》して、彼《かれ》から拒絶《きょぜつ》された今回ばかりは堪《こた》えたようだ。悄然《しょうぜん》として部屋に閉じこもっているらしい。これを機にぜひとも日頃《ひごろ》の行いを反省し、もう少し扱《あつか》いやすくなっていただきたいものである――彼女《かのじょ》には女王になってもらわねばならないのだから。

彼女の父との約束のためにも。

『居場所をくれた人の意志を大切にするって、全然おかしくないと、思うんですけれどね』

――夜に話し合ったとき、見透《みす》かされたかと思った。

自分が常に寄る辺ない人間だったと。

親族を失っている話を、マリアージュからでも耳にしていたのだろうか。

ダイはときどき、妙《みょう》に核心《かくしん》を突《つ》いたことを言う。

ヒースは目を閉じて息を吐《は》いた。

ティティアンナから聞いた話を思い返す。

『お化粧の瓶《びん》、粉々で』

それを片付けるダイの血の気は失《う》せていて、見ていられなかったと、彼女は述《の》べた。

ダイは努力していた。

これまでと生活が何もかも一変した中、彼はよく学び、あのマリアージュに寄《よ》り添《そ》おうとしていた。彼なりにミズウィーリのために尽《つ》くそうとしていたのだ。

「まずはローラを止めなければなりませんね」

マリアージュに楯突《たてつ》いたという一点において、ダイは侍女頭《じじょがしら》からの叱責《しっせき》を免《まぬが》れない。

それを庇《かば》いに行くところから始めようか。

それから――。

「働き過ぎだと言われましたし、彼と散歩にでも出ましょうかね」

ヒースは窓の外に目を向けた。天気は良好。風は暖かく、日差しもやわらかだ。

青い空を優美に飛ぶ鳥の影《かげ》にヒースは目を細めた。

終

あとがき

初めまして、千花鶏《せんあとり》です。この度《たび》は『女王《じよおう》の化粧師《けしようし》』をお手にとってくださり、誠《まこと》にありがとうございました。

この話は平成二十二年の十月よりウェブサイトにて連載《れんさい》しているお話の序盤《じよばん》を、加筆修正したものになります。この一冊のみですと主人公たちが終始お仕事しているお話なのですが、全体としては政治劇の合間に主人公たちが砂糖の塊《かたまり》で殴《なぐ》り合う感じのお話です。

正直なところ、書籍化《しよせきか》するとは夢にも思っておりませんでしたし、しかも恋《こい》を呼ぶときめきレーベル、ビーズログ文庫様からですよ。担当様には、大丈夫《だいじようぶ》ですかって、たぶん何十回と尋《たず》ねた気がいたします。

レーベルに相応《ふさわ》しく糖質を高めようと糖分を濃縮《のうしゆく》していったら、うっかり肝心《かんじん》の砂糖がこの巻で入りませんでした。なんてこったい。砂糖を鍋《なべ》で煮詰《につ》めている最中なんだなとご理解ください。ほら、砂糖は煮詰めて硬くしておかないと、読み手の皆様《みなさま》をなぎ倒《たお》す素《す》振《ぶ》りができませんから。そんな感じの本作です。

最後に、謝辞を。この書籍化は大勢の方の応援《おうえん》により、実現したものでした。刊行をお許しくださった編集部の皆様、わたしの無茶ぶりにいつも明るく応《こた》えてくださった担当様、美麗《びれい》な絵を添《そ》えてくださった起家一子《おきやいちこ》様、会社の上司たち、そして家人。深く御礼《おんれい》を申し上げます。

長年このお話を応援くださり、書籍化に際してたくさんのお祝いをくださった大勢の皆様。お祝いだけに留《とど》まらず、ネットの片隅《かたすみ》に埋《う》もれてばかりの本作の宣伝に、本当に多くの御力を添えてくださいました。あらゆる意味で、本当にありがとうございました。このお話がいまに続くのも皆様のおかげです。

また、新たにこのお話に触《ふ》れてくださった皆様には感謝の念に耐《た》えません。この序盤を通じて、ダイとヒースとマリアージュの三人を好きになっていただけますと幸いです。

明らかな続き物、しかものっけから恋愛《れんあい》色が薄《うす》いですが、まずはお仕事ものとして、どうか楽しんでいただけますように。

千　花鶏

■ご意見、ご感想をお寄せください。
《ファンレターの宛先》
〒102-8078 東京都千代田区富士見 1-8-19
株式会社KADOKAWA ビーズログ文庫編集部
千 花鶏 先生・起家一子 先生

ビーズログ文庫

■エンターブレイン カスタマーサポート
[電話] 0570-060-555（土日祝日を除く正午～17時）
[WEB] https://www.kadokawa.co.jp/（「お問い合わせ」へお進みください）
※製造不良品につきましては上記窓口にて承ります。
※記述・収録内容を超えるご質問にはお答えできない場合があります。
※サポートは日本国内に限らせていただきます。

女《じょ》王《おう》の化《け》粧《しょう》師《し》

千《せん》 花鶏《あとり》

2019年3月15日 初刷発行

◆アンケートはこちら◆
https://ebssl.jp/bslog/bunko/enq/

発行者　三坂泰二
発行　株式会社 KADOKAWA
〒102-8177 東京都千代田区富士見 2-13-3
（ナビダイヤル）0570-060-555
デザイン　島田絵里子
印刷所　凸版印刷株式会社

ISBN978-4-04-735523-1 C0193

定価はカバーに表示してあります。